Klaus Mohrdiek

N a l i

vom anderen Stern

Ich danke meiner Tochter Anja
für ihre große Hilfe

Herstellung: Libri Books on Demand
Computersatz: Nikolaj Budzyn
Umschlaggestaltung: Direkt-Werbeagentur Stabel, Kiel
Alle Rechte liegen beim Autor
ISBN 3-8311-0587-1

FÜR HEIDI

1

Jones fuhr aus dem Schlaf. Hatte der Hund angeschlagen? Im Dämmerlicht sah er ihn in der Mitte des Raumes stehen. Das rhythmische Aufblitzen der Leuchtreklame an der anderen Straßenseite verlieh ihm etwas Gespenstisches. Wie ein Cerberus, fand Jones. Der Hund bellte abermals, rannte zur Tür und blieb schweifwedelnd davor stehen. Blödes Vieh, dachte Jones, ich hätte doch das teurere Modell nehmen sollen. Ein schweifwedelnder Wachhund!

„Arthur", rief er, „was ist los?"

Der wich zurück und begann, sich auf dem Rücken zu räkeln.

„Verdammt", knurrte Jones, „den werde ich abschalten." Er wälzte sich aus dem Bett und tastete nach dem entsprechenden Kontakt. Sofort kam der Hund auf die Beine, stellte sich an ihm hoch und machte sich daran, ihm das Gesicht abzulecken.

„Ist schon gut", seufzte Jones, „aber dieses Ablecken kannst du dir sparen, das habe ich noch nie gemocht. Kümmere dich lieber vernünftig um Einbrecher, Verkaufsagenten und unliebsame Verwandte."

Er verzichtete darauf, den Robothund abzustellen, um ihm diese Demütigung zu ersparen. Außerdem wollte er wissen, was los war.

„Klatsch", machte es draußen.

Das Geräusch mußte von der Außentür kommen. Diese Parterrewohnungen sind auch nicht immer die Pracht, überlegte er. Jetzt wieder: Leises Klatschen gegen die Tür. Sie schlichen durch den kleinen Korridor und blieben lauschend stehen, der Hund vorschriftsmäßig mit schiefgeneigtem Kopf und gesträubtem Fell. Er stemmte die Vorderbeine gegen den Boden, als ein Quietschgeräusch zu hören war. Bei allen marsianischen Dunkelteufeln! Jones fluchte in sich hinein. Hier hat wohl jemand noch nichts von Nachtruhe gehört! Er mußte früh raus am Morgen, und dies paßte ihm ganz und gar nicht.

„Schlapp." Irgend jemand ist da zusammengesunken, resümierte Jones.

„Arthur, was hat jetzt zu geschehen? Paß auf", sagte er leise, „ich werde jetzt gleich mit einem Ruck die Tür aufstoßen. Paß gut auf!"

„Fiep", machte es draußen. Jones überlegte, ob es sich nicht eher um ein hilfloses Wesen handelte, aber man konnte nie wissen. Es konnte eine Falle sein.

Arthur setzte sich und begann, sich gemütlich und mit Hingabe zu kratzen. Gemäß beigegebener Gebrauchsanleitung sollte diese Geste auf ein für den Hund nicht lösbares Problem hinweisen.

„Aha", fuhr Jones ihn an, „das Denken kann wohl mal wieder ich besorgen!" Abermals ein schwaches Geräusch von draußen. Der Hund wurde langsamer und hielt inne, ein Bein lächerlich in der Luft haltend. Ich habe die Batterie nicht aufgeladen, fiel es Jones ein: Ausgerechnet jetzt macht der schlapp. Angeblich brachte sein Hausgenosse diesen Mangel durch eine Art Lungern zum Ausdruck, aber bisher war er meist einfach umgekippt. Jones schleifte ihn am Nackenfell in Richtung Haustür, wo er ihn abschaltete und an die Steckdose anschloß.

Nun wandte er sich entschlossen der Tür zu. Diese erwies sich als blockiert. Einer plötzlichen Eingebung folgend, lief er zurück ins Schlafzimmer, warf einen Hausmantel über und steckte eine Waffe in die Tasche.

6

Wieder an der Außentür, brachte er ein Gewicht am Griff an, so daß die Klinke unten blieb. Er trat einige Schritte zurück, nahm einen Anlauf, und wumm! warf er sich gegen die Tür.

Das hätte er nicht tun sollen.

Die Tür sprang eine Spanne weit auf, doch dann war sie schon zurückgefedert, schloß sich mit donnerndem Krach, und Jones flog drei Meter zurück, worauf er unter der zusammenbrechenden Garderobe landete. Fluchend und sich den Rücken reibend kam er wieder auf die Beine. Draußen war jetzt alles still. Das regelmäßig aufblinkende farbige Licht von der Leuchtreklame drüben fiel auf sein Gesicht und ließ es im Spiegel, der jetzt auf einer Ecke stand, abwechselnd bieder und teuflisch erscheinen. Er machte sich bewußt, daß er besser daran täte, nachts die Rollos hinunterzulassen. Außerdem beschloß er endgültig, in einen Vorort überzusiedeln.

Aber erstmal mußte er dieses Problem hier erledigen. Er überlegte. Mit einem Überraschungsangriff war offensichtlich nichts zu bewirken. Hier mußte ein System her. Nach längerem Nachdenken brachte er zunächst einmal den Spiegel außer Reichweite. Dann kippte er den Garderobenschrank langsam soweit um, daß er der Länge nach auf die Haustür wies. Das hintere Ende stieß gegen einen Türpfosten. Das Gepolter war erheblich, aber draußen rührte sich nichts. Er war froh, daß er den Bungalow allein bewohnte.

Die Vergitterung, mit der die Fenster zusätzlich ausgestattet waren, erwies sich jedoch letzten Endes als problematisch. Jetzt konnte er nicht heraus, wenn die Tür verrammelt war. Jones machte erstmal Licht. Nun setzte er sich vor das Schrankende und stemmte die Füße gegen die Außentür. Das mußte gelingen, er war nicht gerade schwächlich. Das Möbelstück im Rücken, drückte er seine Füße mit aller Gewalt dagegen. Langsam schob sich die Tür nach außen.

2

Jones sah zunächst nur die schwach erleuchtete Straße. Das Ding befindet sich hinter der Tür, machte er sich klar. Er stand auf und schaltete das Außenlicht an, um festzustellen, was ihm da so massiven Widerstand geleistet hatte.

Als er vorsichtig um die Türkante blickte, gewahrte er eine Kugel, einen halben Meter hoch, lindgrün, matt, unten leicht abgeplattet, offenbar infolge des Eigengewichtes. Er trat zögernd näher, um das seltsame sphärische Gebilde in Augenschein zu nehmen. Irgendwelche Auswüchse, Einbuchtungen oder sonstige Merkmale ließen sich nicht erkennen. Lediglich rechts und links, gewissermaßen als Endpunkte einer gedachten Achse, waren zwei Schlitze, die wie zusammengezogene Öffnungen wirkten, zu bemerken. Sonst war das Wesen, soweit er sehen konnte, glatt und ebenmäßig. Vorsichtig streckte er die Hand aus, um es zu berühren, als es langsam auf ihn zuzurollen begann.

Jones empfand keine Furcht. Die Laute vorhin hatten eher verzweifelt geklungen, und er war im Grunde von hilfsbereiter Natur. Ohne weiter nachzudenken, beschloß er, dieses Wesen in sein Haus zu nehmen; dann würde man weitersehen. Behutsam war er ihm behilflich, indem er die Hand auf die Rundung legte und es lenkend und unterstützend ins Haus und in sein Zimmer brachte. Die Oberfläche fühlte sich gut an, samtig, mit Flaum bedeckt, und auch warm. Vielleicht friert es, dachte er, denn die Nacht war kühl. Er ging noch einmal zurück, schloß die Haustür ab, ließ die Rolläden herunter und schaltete die Beleuchtungskörper aus, bis auf seine Zimmerlampe. Dann stellte er die Heizung höher und tat etwas Seltsames: Er holte sich ein Buch, setzte sich unter die Lampe und begann zu lesen.

Die Kugel, das fremde Wesen, befand sich einen Meter von ihm entfernt auf dem Teppich, noch im Schein der Lampe, so als ob sie zur Einrichtung gehörte. Jones blätterte, las und stellte hin und wieder mit einem Blick fest, daß sich noch nichts verändert hatte. Nach einer Viertelstunde legte er das Buch zur Seite und starrte nachdenklich vor sich hin.

Er erhob sich, ging zum Fernsprechgerät und wählte, ohne die Bildübertragung einzuschalten, eine Nummer.

„International Federation Of Extraterristic Nations Animals Service Corporations", meldete sich eine Männerstimme.

„Ist dort der galaktische Zoo?" erkundigte sich Jones.

„Ich sagte es soeben, mein Herr", kam die gelangweilte Antwort.

„Hören Sie, mir ist eine Kugel zugelaufen, oder zugerollt, wie Sie wollen, zweifellos ein Organismus, zwei Fuß hoch, rund, ja, natürlich rund..." Jones begann, sich zu verhaspeln.

„Rund, sagten Sie?" Der andere wurde aufmerksamer.

„Ein sphärischer Organismus? Vielleicht grünlich? Hat er Geräusche von sich gegeben?" „Zirr", sagte es neben Jones. Überrascht fuhr er herum. Es war ihm gefolgt, saß neben ihm und hatte begonnen, seine Gestalt zu verändern.

„Haben Sie gehört?" rief er in den Apparat, „es ist mir gefolgt. Sehen Sie selbst!"

Eilig schaltete er die Bildübertragung ein und stellte die Zimmerbeleuchtung an. Seinen Besuch ließ er dabei nicht aus den Augen.

„Mein Gott, dachte ich es mir doch", sagte der andere. „Ein Turning Reel! Sie müssen sofort das Hotel Intercosmic anrufen und den Herrn abholen lassen."

„Was soll ich? Welchen Herrn, zum Donnerwetter!"

„Mann, die Sache ist heiß. Das ist ein Gast, was Sie da haben. Ein hoher Staatsgast! Sie müssen doch wissen, daß zur Zeit ein intergalaktischer Kongreß läuft. Er muß sich verirrt haben. Besprengen Sie den Herrn zunächst mit etwas warmem Wasser, das wird ihm guttun. Kümmern Sie sich auch sonst um ihn, er wird es Ihnen danken. Nur keine Angst, er sieht ja etwas ungewöhnlich aus, aber das gibt sich, das werden Sie sehen. Alles Gute denn, und nicht vergessen: Hotel Intercosmic."

Er legte auf.

Währenddessen hatte sich sein Besucher zusehends verändert, wie Jones mit Staunen registrierte. Oben war eine Ausbuchtung entstanden, auch schienen sich Gliedmaßen zu entwickeln. Er verließ das Zimmer, suchte eine Gießkanne und füllte warmes Wasser ein. Vorsichtig besprenkelte er den Gast, dem es zu behagen schien, wie seine leichten Bewegungen vermuten ließen. Jones stellte die Kanne in die Ecke und wandte sich wieder um, als er erstarrte. Es blickte ihn an! Ein großes, schönes Auge hatte sich geöffnet oder gebildet, ein richtiges Auge mit Wimpern, in dem ein tiefer Ausdruck lag. Formen eines Kopfes und Gesichtes bildeten sich nach und nach, zarte Gliedmaßen nahmen greifbare Formen an, der Körper reckte sich.

Jones war wie gebannt.

„Geht es Ihnen gut?" fragte er verdutzt.

„Rri, rri, zirr", war die Antwort.

Merkwürdig, überlegte er, wenn dies ein Herr ist, dann schon mal kein alter Knacker. Aber jetzt wollte er weiterkommen mit der Geschichte. Er besah sich noch einmal seinen Besucher, der vorwiegend mit sich, offenbar mit der weiteren Ausbildung und Formierung von Körperteilen, beschäftigt war. Gemäß Auskunft der IFENA - Corporations mußte es sich ja um einen kultivierten Vertreter seiner Gattung handeln, und folglich hatte Jones keine Bedenken, ihn einen Moment alleinzulassen.

Er begab sich in die Waschküche und zerrte ein Gerät aus der Ecke hervor. Zunächst entfernte er die verschweißte Schutzfolie, dann schob er den Kasten vor sich her. Der Translator war groß, schwer und stand auf Rollen. Eigentlich gehörte er der Computerfirma, bei der er beschäftigt war, und es war nicht leicht gewesen, ihn aus dem Lager zu „entleihen". Jones hatte nicht nur berufliches Interesse an diesen Entwicklungen und nicht widerstehen können, als sich die Gelegenheit bot, dieses immerhin schon etwas ältere Modell für einige Wochen aus dem Verkehr zu ziehen. Im Vorbeigehen löste er den Stecker bei Arthur und schaltete ihn ein. Für eine Stunde würde die Ladung ausreichen, dann konnte er für längere Zeit ans Netz gehen. Der Hund mußte auf dem laufenden bleiben, um Fehlhaltungen zu vermeiden.

„Waff", machte Arthur und beschnüffelte das Gerät. „Halt die Klappe", verwies ihn Jones, „davon verstehst du nichts. Geh in den Garten und paß auf, daß keiner kommt."

Es begann hell zu werden, und die ersten Werktätigen kamen vorbei. Er ließ das Gerät stehen und öffnete die Haustür. Gehorsam spazierte der Hund hinaus und bezog in eindrucksvoller Haltung hinter der Pforte Stellung. Jones hievte den Kasten über die Schwelle und gelangte damit ins Zimmer.

Das Wesen vom anderen Stern hatte sich eindrucksvoll verwandelt. Es hatte menschenähnliche Gestalt angenommen, wenn auch die Beine noch nicht ausgebildet waren. Wie bei einer Nixe, staunte Jones, einem Nix vielmehr. Das Gesicht! Es faszinierte. Aus nunmehr zwei großen Augen blickte ihn das Geschöpf an, und Jones war hingerissen. Auf dem Planeten schienen sie schöne Männer zu haben, beschied er.

Er holte einen Sessel, schob ihn heran, umfaßte das menschenähnliche Wesen ohne Scheu und ließ es auf den Sitz gleiten, wobei es sich etwas an ihm festhielt. Es fühlt sich verdammt gut an, fand er, außerdem erschien es ihm wunderbar leicht. Ein dankbarer Blick traf ihn, und Jones wußte gar nicht recht, wie ihm geschah. Er schob das Kommunikationsgerät näher heran, verlegte das Kabel und schloß es an. Zuerst drückte er die Einschalttaste, dann gab er nach kurzem Nachdenken die ersten Hilfswörter mit der Tastatur ein. Der Computer mußte eine Basis haben, Begriffe, die unter Umständen jetzt vorkämen. Er wählte als erstes die Wörter: Verirrt, verlaufen, kommen, interkosmisch, hotel, sagen, dort, bescheid, dankbar. Wenn sein Gegenüber sich ähnlich äußerte, konnte die elektronische Intelligenz vielleicht etwas damit anfangen. Jones war Routinier, vielleicht zahlte es sich jetzt aus.

Er rieb sich die Hände; das hier war doch mal etwas anderes als die langweiligen Simulatoren in der Werkstatt.

Erwartungsvoll drückte er auf „Rezeption" und blickte seinen Partner auffordernd an. Der kapierte sofort und begann, zwitschernde Laute von sich zu geben. Jones horchte genau hin und nickte befriedigt, als er den Eindruck gewann, daß sein Gesprächspartner die gleichen Sätze mehrmals wiederholte, die schließlich mehr und mehr abgewandelt wurden.

Eine Zeitlang ließ er es so bewenden, dann fiel ihm auf einmal die Auflage ein, dieses Interhotel anzurufen. Verdammt, das hätte er beinahe vergessen, so sehr war er beschäftigt gewesen. Er wandte sich noch einmal zum Gerät, schaltete und sprach hinein:

„Mensch!" Er zeigte auf sich.

„Wasser!" Er zeigte auf die Gießkanne. „Visifon", Jones ging zum Gerät. Er legte einen Schalter am Translator um und blickte seinen Besucher fragend an. Der zwitscherte einige Worte. Sein Gast schien dazu überzugehen, die gezeigten Begriffe seiner Sprache zuzuordnen. Jones wählte eine Nummer, wiederum ohne eine Sichtverbindung herzustellen.

3

„Intercosmic Hotel."

„Hier Jones. Ich habe einen Gast..." Klick machte es.

„Zimmer- und Bottichreservierung."

„Hier Jones, Edward Jones, mir ist ein Gast zugelaufen, vielmehr ich habe einen Herrn aufgenommen, der kennt sich nicht aus, ich glaube, er wohnt bei Ihnen."

„Ich verbinde." Knack. Plötzliches Stimmengewirr, Gelächter, jemand kreischte, wieder Gelächter, Klirren. Anscheinend eine Party. Abrupt brach die Geräuschkulisse ab. Wieder Stille. Rattern in der Leitung: Intergalaktischer Fernverkehr. Die hatten ja eine tolle Vermittlung, fand Jones. Kratzendes Geräusch. Dann eine klare Stimme.

„Sie wünschen?"

„Edward ist hier – Jones heiße ich, hier ist ein Gast von Ihnen eingerollt, ein Turning Wheel ist es wohl."

„Ein Turning Reel? Endlich ! Hoffentlich ist die Dame wohlauf."

„Die – was?"

Jones verstand gar nichts mehr, aber er war schon wieder weiterverbunden worden. Langsam reichte es ihm.

„Fletcher."

„Jones."

„Ja, hier Fletcher."

„Hier Jones", sagte Jones. Langsam wurde er bockig.

„Was wünschen Sie denn?"

„Mister Fletcher", sagte Jones ganz ruhig. „Es handelt sich um eine Nachricht, die ich nun schon drei Leuten in Ihrem ehrenwerten Hotel dargelegt habe. Pflegt man Sie denn nicht zu informieren, bevor ein Anrufer zu Ihnen durchgestellt wird?"

„Äh, nein, bedaure", klang es reserviert. „Wenn Sie mir den Sachverhalt bitte noch einmal..."

„Zum vierten Mal darlegen, meinen Sie. Nun gut, also, bei mir hält sich so ein Running Wheel auf, solche Leute logieren meines Wissens bei Ihnen, und man sagte mir, daß es, er oder sie oder was auch immer bei Ihnen gemeldet ist, abhanden gekommen ist, meinetwegen eine Suite bei Ihnen bewohnt, mir egal, und ich meine, es wäre doch dienlich für Sie, dies zu erfahren."

„Meinen Sie etwa ein Turning Reel?"

„Ja, sicher, das sagte ich doch. Ich heiße Edward Jones und wohne..."

„Ich muß Sie sofort mit Señora Lopez de Toledo verbinden."

„Nein, nicht schon wieder!" schrie Jones, aber es war zu spät. Er wandte sich zu seinem Gast um. Der hatte, wohl vor Schreck, die Augen geschlossen und öffnete sie gerade wieder. Jones machte eine bedauernde, beschwichtigende Handbewegung, deutete auf den Hörer, lächelte und zuckte die Schultern. Absolutes Schweigen in der Leitung.

Diesmal dauerte es noch länger. Jones lächelte weiter und schaute seinen späten Gast an. Inzwischen war es ein früher Gast. Da, überraschend, kniff dieser ein Auge ein und öffnete es wieder. Bevor Jones das einordnen konnte, erklang eine Stimme im Hörer:

„Direktion, de Toledo." Ein gepflegter Alt. „Guten Morgen, Mister – Jones. Man hat mir berichtet. Zunächst möchte ich mich im Namen des Hauses entschuldigen für die unangemessene Behandlung, die Ihnen widerfahren ist."

O Wunder, dachte Jones.

„Wir sind Ihnen sehr zu Dank verpflichtet, – Edward. So heißen Sie doch?"

„Edward Jones ist mein Name, ja."

„Sagen Sie Juanita zu mir. Sie haben eine sympathische Stimme. Frauen hören das gleich."

Sie lachte, wie ihm schien, in einem etwas lockeren Ton. „Nur, Sie scheinen mir ein wenig aufgeregt zu sein."

„Das ist kein Wunder, die ganzen Umstände waren sehr abenteuerlich, Mrs. de Toledo."

„Juanita. Passen Sie auf: Ich habe kurz Rücksprache mit der Extraterristic Nations Animals gehalten. Unser Gast, müssen Sie wissen, ist auf dem dritten Planeten von Wega beheimatet."

„Ich weiß", entgegnete Jones: „Die richtige Kreisbahn um das Muttergestirn, rauschende Wälder, sanfte Höhen, liebliche Täler, Früchte und Wild eßbar, keine feindlichen Mikroorganismen, Luft atembar, mittlere

15

Temperatur 20 Grad, Gravitation knapp eins, Luftdruck günstig, es weht ein leichter Wind..."

„Oh, Sie waren dort!"

„Nein, ich habe mal Science Fiction gelesen."

Sie schwieg verdutzt. Dann kam wieder ihr sinnliches Lachen, in das Jones schließlich einstimmte.

„Edward, Sie sind köstlich. Ich hoffe, wir bekommen uns einmal zu sehen. Was nun Ihren Logierbesuch betrifft, so können Sie sich bereits denken, daß keine unmittelbare Gefahr besteht. Lediglich die etwas höhere Schwerkraft macht ihm zu schaffen, aber daran gewöhnt er sich schnell. Ist sie soweit wohlbehalten?"

„Ich glaube schon, – Juanita. Es hat sich gerade entwickelt."

„Sehr schön. Haben Sie einen Pool im Hause?"

„Gewiß, ich werde alsbald Wasser einlassen. Mrs. Juanita, können wir das Gespräch kurz machen? Sie – ist sie eine Dame? Ist das richtig? Ich glaube, ich muß mich um sie kümmern."

„Das werden Sie sicher nicht ungern tun, nun, wo Sie es wissen. Na, na, na. Woher haben Sie es eigentlich erfahren?"

„Sie haben sich so ausgedrückt, außerdem hat vorhin schon jemand von einer Dame gesprochen."

„Ja, ja, das Personal. Anstatt sich an meine Anweisungen zu halten. Lauter Vertretungen im Moment. Deshalb ist man auch so ungalant mit Ihnen umgegangen. Jetzt tut es mir besonders leid. Da werde ich aufräumen. Also, um es kurz zu machen: Füllen Sie das Becken bis zum Rand mit handwarmem Wasser, ein Kilo Salz hinein, das reicht für die Nacht. Dieses Volk pflegt die Ruhestunden im Wasser zu verbringen, es ist wegen der günstigen Gewichtsverteilung. Sie sind überhaupt wasserliebend. Inzwischen wird Ihre Besucherin auch etwas zu sich nehmen wollen. Kein Problem, machen Sie ihr Angebote. Oh, verstehen Sie mich nicht falsch. Aber nett müssen Sie natürlich sein. Schade, ich darf Sie nicht länger aufhalten. Wo sind Sie tätig?"

„Bei der Communicating Translator Systems Incorporation."

„Ausgezeichnet. Haben Sie einen Übersetzer zu Hause?"

„Nein", log Edward.

„Dann beschaffen Sie sich schnellstens einen. Gehen Sie heute nicht zum Dienst, ich werde sofort mit Ihrem Direktor sprechen. Der Gast ist wichtig. Ich werde Ihnen die Zusammenhänge noch erklären."

„Ich muß erstmal ausschlafen."

„Das kann ich verstehen. Die Dame wird ebenfalls Ruhe benötigen. Kann ich Sie um drei anrufen? Vielleicht bekommt man Sie dann auch mal zu sehen."

„Gerne. Ich glaube, ich werde bis dahin zurechtkommen."

„Werden Sie mir nur nicht zu galant! Also, viel Glück derweil." –

Uff! Jones mußte sich erstmal hinsetzen. Die ging ja scharf ran. Die Frauen heutzutage!

4

Er wandte sich um und schaute seinen Gast an. Mit ganz anderen Augen, nachdem er informiert war, eine Dame, mithin ein weibliches Wesen vor sich zu haben. So etwas war ihm nie gleichgültig, egal, von welchem Stern sie kommen mochte. Es kann ja auch nicht anders sein, dachte er, so wie sie mich angesehen hat. Das tat sie auch jetzt, und ihm wurde ganz warm ums Herz. Er ging zu ihr hin und strich ihr zart und liebevoll über die Stirn und den Scheitel mit den weichen Härchen.

„Was bist du für ein liebes Geschöpf", sagte er zu ihr, „so zart, so leicht, so seelenvoll."

Das war sie wirklich, sie schien ihre Metamorphose fast abgeschlossen zu haben, eine Verwandlung zur menschenähnlichen Gestalt. Feingliedrig war sie und wirkte sehr zerbrechlich. Ihre Haut und auch die großen Augen zeigten ein zartes Lindgrün, aber, so fremdartig das wirken mochte, Eward fand es schön. Sie lächelte ihn an – sie konnte lächeln! Edward Jones empfand ein nie gekanntes Glücksgefühl.

Seine Pflichten fielen ihm ein, und mit entschuldigender Miene deutete er in Richtung der Visifonanlage. Es schien ihm geboten, sich bei seiner Firma zu melden. Er stellte die Verbindung her. Der Chef zeigte sich bereits informiert und war sehr freundlich, ungewöhnlich zuvorkommend sogar. Die Angelegenheit wurde offensichtlich als Sensation begriffen, und man sah ihn, Jones, bereits als Aufmacher in der Tagespresse.

„Eine hervorragende Werbung wird das geben", meinte der Boß händereibend, „haben Sie gut gemacht."

Jones wußte zwar nicht, wieso er die Angelegenheit „gemacht" haben sollte, aber wenn der das meinte, um so besser.

„Wir schicken Ihnen sofort ein Gerät", spann der Chef den Faden weiter, „damit Sie sich verständigen können. Woher kommt die Dame noch?"

„Wega III."

„Hervorragend. Sie bekommen das modernste Gerät; das wird eine Werbung! Es ist noch nicht auf dem Markt, wir wollten gerade eine große Kampagne anlaufen lassen. Alles bereits zurückgepfiffen. Mann, Sie sind Gold wert. In welcher Abteilung stecken Sie?"

„Hackenberg."

„Ich werde mir Ihre Akte kommen lassen. Wenn alles in Ordnung ist, werde ich sehen, wo man Sie besser einsetzen kann. Sie haben sich als sehr umsichtig erwiesen in der Behandlung des Falles, wie mir inzwischen bekannt geworden ist. Wie wäre es mit der Entwicklungsabteilung? Wir brauchen demnächst einen neuen Projektleiter. Sie sind dann der Mann, der Erfahrung vor Ort mitbringt."

„Vielen Dank, Herr Hufenbach. Ich habe großes Interesse für diesen Sektor."

Jones war auch als Angestellter kein schlechter Umgangspsychologe und durchaus versiert, was zum Beispiel die Chefbehandlung betraf.

„– Ich glaube, die Werbung wird groß einschlagen, Herr Hufenbach", setzte er daher hinzu, „ich bewundere Ihre rasche Disposition, wenn Sie die Bemerkung erlauben. Davon kann man etwas lernen."

„Nun ja, Herr – äh – Jones, man tut, was man kann. Der Laden muß laufen. Und auch der Chef hat mal einen Einfall, nicht wahr? Was? Ha, ha."

Äußerst leutselig, der Boß, wirklich.

„Ich muß Sie noch etwas fragen im Zusammenhang mit meinem Gast", hakte Jones nach, „bitte nehmen Sie es mir nicht übel. Ich mußte mir die halbe Nacht um die Ohren schlagen und bin jetzt sehr angegriffen, ehrlich gesagt. Ich würde gerne die nächsten Stunden etwas ausruhen, und auch der galaktische Besuch..."

„Wie? Sie müssen sich ausruhen? Tja, was machen wir da? Wohl sehr anstrengend, so ein außerirdischer Besuch, was? Wie sieht er denn aus?"

„Er ist weiblich und hat sich menschenähnlich entwickelt."

„Entwickelt? Sehr interessant. Auch was für die Presse. Weiblich, sagen Sie? Na, Sie werden nicht viel davon haben, haha. Kümmern Sie sich nur um den Gast. Muß der auch ruhen?"

„Ja, insbesondere, wie man mir versichert hat."

„Gut, machen wir es kurz, ich habe zu arbeiten. Wann sind Sie soweit?"

„Ich habe um fünfzehn Uhr einen Gesprächstermin mit dem Intercosmic. Wenn Sie gestatten, stehe ich eine halbe Stunde später zur Verfügung."

„Hm, ja. Eher geht es wohl nicht. Also, um fünfzehn Uhr dreißig, exakt, steht Meschewski bei Ihnen vor der Tür mit dem modernsten Gerät, das Sie sich erträumen können! Tragbar, mit allen Schikanen, eingestellt auf Leier-Wega-Planet III. Und machen Sie sich auf die Presse gefaßt, die werde ich zu Ihren Gunsten fernhalten, bis zu dem genannten Zeitpunkt. Sie sind vom Dienst dispensiert für diese Woche, ich bitte mir tägliche Berichte aus, an mich persönlich. Machen Sie es gut, mein lieber Jones."

Jones wollte sich bedanken, aber der Chef war schon weg. „Mein lieber Jones!" Nicht schlecht, da mußte er am Ball bleiben.

5

Das liebe Geschöpf ruhte noch in dem bequemen Sessel, zu dem er es geleitet hatte. Ein feiner Flaum bedeckte ihren Körper, so daß sie nicht nackt wirkte. Jones kam sie wunderschön vor, und er hatte großes Verlangen, sie in die Arme zu nehmen, aber das wagte er noch nicht – sie wirkte zu zerbrechlich. Er nickte ihr aufmunternd zu, wobei er gleichzeitig eine abwiegelnde Bewegung in

Richtung Visifon machte, um anzudeuten, daß damit nun wirklich Schluß sei.

Bevor man zur Ruhe ging, sagte sich Edward, sollte er noch die Probe mit dem Translator machen. Er stellte die Programmierung ab und schaltete auf Wechselgespräch. Bedeutungsvoll hob er die Hand, schob einen zweiten Sessel heran und setzte sich zu ihr:

„Ich bin Edward", begann er, auf sich deutend.

„Ich heiße Aquanali."

Begeistert sprang er auf, besann sich aber sofort, beugte sich vorsichtig über sie und gab ihr einen sanften Kuß. Ein zarter Arm umfaßte ihn. Er jubelte innerlich, es klappte!

„Aquanali!" Bewegt wiederholte er ihren Namen, der fremdartig und doch so schön klang. „Aquanali, Nali, die aus dem Wasser kommt", sagte er vor sich hin. Sie zwitscherte etwas, und prompt klang es aus dem Gerät:

„Aquanali kommt", allerdings in etwas seltsamer Klangfarbe. Edward war überrascht. Der Computer hatte zugehört und seine unabsichtlich gesprochenen Worte in ihre Sprache übersetzt. Als Experte konnte Jones es durchschauen. Die Intelligenz hatte seine Namensinterpretation als Beschreibung eines Hergangs verstanden: Nali kommt. Und Nali hatte den Satz wiederholt. Wieso eigentlich Aqua-Nali? Warum sprach der Translator lateinisch? Jones eruierte auch das. Hier lag ein zusammengesetztes Wort vor mit „Wasser". Der Computer hatte das erkannt und folgerichtig die lateinische Form gewählt, wie sie ja auch gebräuchlich war bei Wörtern wie: Aquamarin, Aquädukt, Aquanaut. Aquavit, nicht zu vergessen! spann Jones sein Garn weiter, als ihn jemand am Knie berührte. „Ward!" erklang es aus dem Apparat, mit überraschend tiefer

Stimme. Edward war etwas verlegen. Wie konnte er sie auch nur einen Moment vergessen.

Sie ließ ein leises Lachen hören, das jedoch recht grob aus dem Gerät heraus kam, und tippte an seine Stirn: „Dort verirrt."

Edward lachte, sie auch, das Gerät dröhnte mit, und der Heiterkeitsausbruch endete in einer schauerlichen Kakophonie. Hier mußte noch etwas geschehen, und Edward warf einen prüfenden Blick auf den Kasten. Das war es. Unwillig stand er auf und drückte die Taste: „weiblich". Daß er daran nicht gedacht hatte! Aber kein Wunder, daß ihm so etwas passierte, nachdem die von der IFENACO ihm Nali als Kerl verkauft hatten. Jetzt erzählte sie wieder etwas, und nun ertönte es etwas wohllautender aus dem Apparat:

„Aquanali kommt vom Hotel Intercosmic, Mensch hat dort Bescheid gesagt, Nali ist dankbar für Wasser." Nicht schlecht, nicht schlecht, dachte Edward. Wasser? Wollte sie besprengt werden?

Etwas anderes fiel ihm ein: Gerade hatte er dem Hufenbach etwas von Ruhebedürfnis erzählt, und nun saß er hier noch immer herum. Wollte sie schlafen? Versuchsweise schloß er die Augen und legte seine Wange auf die Hand. Darauf sagte er laut: „Schlafen?"

„Ich möchte schlafen, Mensch Edward", kam es zurück. „Im Wasser."

Das klappte ja prima. Die vorgegebenen Begriffe zahlten sich aus.

Dennoch – er freute sich schon auf ein vernünftiges Gerät. Was dieser Kasten der zweiten Generation mit seinen 50 Kilo Gewicht leistete, war doch relativ bescheiden. Noch etwas fiel ihm ein.

„Ich, Edward, komme gleich zurück", bedeutete er ihr und machte dazu erklärende Gesten.

„Du kommst gleich zurück", antwortete der Translator. Sehr gut. Edward begab sich in die Küche und durchforstete seine Speisevorräte. Er kam mit einem Apfel, etwas Käse, Butter, Weißbrot und Orangensaft zurück. Erstmal wollte er sie füttern, sich selber konnte er immer noch versorgen, wenn er Hunger verspürte.

Er holte ein Tischchen, stellte den Teller und das Glas mit Saft darauf und sagte: „Essen!"

Aquanali zeigte sich sichtlich erfreut. Edward warf einen prüfenden Blick auf sie und begann, ein Weißbrot zu bestreichen. Anschließend schnitt er die Rinde rundherum ab, das Brot in kleine Stücke, und reichte ihr den Teller. Sie ißt wie ein Spatz, fand er, aber immerhin, es funktionierte. Er schob ihr den Tisch noch etwas heran und ging in die Küche, um den reichlich harten Apfel gegen einen Pfirsich auszutauschen.

Er war so zufrieden mit sich, daß er im Moment seine Müdigkeit vergaß. Da fiel ihm der Hund ein. Arthur! Armer Kerl. Jones machte die Eingangstür auf und pfiff. Arthur kam herbei, tapsig, schon reichlich entladen.

„Komm her, mein Guter, Herrchen hat dich beinahe vergessen." Er kraulte ihm das Fell, und der Hund kratzte ihn mit der Pfote am Bein. Edward nahm ihn am Halsband, brachte ihn herein und schloß ihn wieder an. Es war ohnehin besser so, Nali durfte jetzt nicht erschreckt werden.

Die hatte inzwischen alles aufgeputzt.

„Komm, wir gehen ins Bett, ins Wasser, dort!" erklärte ihr Edward unter Verwendung des bewährten Vokabulars.

„Oh, Edward, danke", übersetzte der Computer ihre Antwort folgerichtig. Jetzt fiel ihm noch etwas ein. Er bedeutete ihr, noch einen Augenblick zu warten, lief hinaus und drehte den Warmwasserhahn über dem Becken so weit auf, wie es ging. Hastig prüfte er die Temperatur, holte Salz und schüttete es hinein. Dann ging er zurück, um Nali zu holen. Behutsam half er ihr auf, – wie leicht sie war! – und sie ging mit ihm, leicht untergehakt, in Richtung Badezimmer, wo er die Vorhänge zuzog und das Licht ausschaltete.

Diskret ließ er sie zunächst mal allein, dann kam er zurück. Er klopfte vorsichtig. Sie rief etwas in ihren zwitschernden, hohen Lauten, aber Edward traute sich nicht. Weiß der Himmel, was das nun bedeutete, befand er. Nach einer Weile öffnete sich die Tür und Nali erschien, in Wasserdampf gehüllt. Die Badatmosphäre bekam ihr gut, wie ihm schien. Ihre Bewegungen waren aber recht unsicher. Wahrscheinlich stabilisiert sie sich noch, hoffte Edward.

Das Wasser reichte schon fast bis zum Rand des eingelassenen Beckens, das auf gleicher Höhe mit den Fliesen war.

Edward schaltete die Notbeleuchtung an und machte das helle Licht aus. Sacht führte er sie an das Becken, und sie ließ sich nieder. Was nun? Er zögerte und kam sich vor wie eine Jungfrau mit einem Findelkind. Sie bemerkte seine Unschlüssigkeit und fand das offenbar sehr lustig. „Edward", sagte sie mit einem Male, ganz leise, aber deutlich vernehmbar. Er war gerührt. Das hatte sie also schon gelernt. Sie machte ihm nun deutlich, daß er beruhigt gehen könne, und Edward strich ihr über das feine Haar, gab ihr einen Kuß und stellte das Wasser ab. Dann verließ er schnell den Raum.

Die Tür hatte er nur leise angelehnt, und nun wurde es Zeit, auch selber in die Federn zu kommen. Jones beeilte sich nach Möglichkeit. Zum Essen hatte er keine Lust mehr, dafür kippte er jetzt zwei Whiskey hinunter. Das war ihm egal heute, alles war egal, außer Nali. Pfeifend, trotz der spät-frühen Stunde, verschloß er die Haustür, stellte auch noch die Glocke ab, dann seinen Wecker auf vierzehn Uhr und machte sein Bett zurecht. Die Rolläden ließ er unten. Er rannte zurück zum Visifon und schaltete auch das ab. Noch was vergessen? Wohl nicht. Doch, etwas mußte er noch feststellen. Behutsam näherte er sich dem Baderaum, zog die Tür einen Spalt breit auf und sah vorsichtig hinein. Auf dem Wasser schwamm Nali, zusammengerollt wie ein Igel, fast wieder in der Gestalt von gestern nacht. Unhörbar drückte er die Klinke hinunter und schloß die Tür. –

6

Edward erwachte pünktlich und besann sich einen Augenblick. Zwei Uhr? Natürlich. Gleich war ihm alles präsent, und er lächelte glücklich. Er stieg aus dem Bett, zog die Jalousien hoch und riß das Fenster auf. Es war ein Vorteil, daß das Zimmer zum Garten gelegen war, sonst hätte er sich das heute nicht leisten können. Draußen war aber noch alles ruhig, von den Tagesgeräuschen abgesehen.

Er ging auf den Flur, machte Arthur los und stellte ihn an. Der Hund zeigte wie immer Zeichen des Wiedererkennens, indem er sogleich hörbar und rhythmisch mit dem Schwanz an die Wand schlug.

„Still, wir haben Besuch", beschied ihn Jones. Er machte die Tür auf, schickte ihn wieder in den Garten und befahl ihm, sich hinter einen Busch in Deckung zu begeben.

„Gut aufpassen!" schärfte er ihm ein. Er betrat das Haus wieder und verriegelte die Tür.

Was Nali wohl machte? Edward schaute vorsichtig ins Badezimmer. So, wie er sie dort fand, schien sie gerade zu erwachen. Jones machte helleres Licht und schloß die Tür wieder, um sich in die Küche zu begeben. –

Als das Frühstück soweit fertig war und Jones es ins Zimmer trug, meinte er, etwas zu hören. Er horchte in Richtung Badezimmer, und richtig: Ganz leise vernahm er seinen Namen. Schnell näherte er sich, klopfte und trat ein. Nali saß auf dem Beckenrand und ließ die Beine ins Wasser baumeln. Ihr Körper war tropfnaß.

„Guten Morgen, Nalilein, schön, daß du da bist."

„Zwitscher, zwitscher." Ihm klang es wie Engelsgesang. Er holte ein Handtuch, frottierte sie sorgfältig ab, was ihr nicht schlecht zu gefallen schien, und hüllte sie in ein Badetuch.

„Komm, Frühstück!" Er machte die Gebärde des Essens. Sie folgte ihm, wobei er sie an der Hand hielt, ins Zimmer, als ihm wieder etwas einfiel. Im Schrank mußte ein schöner Morgenrock hängen, der stammte von einer abgelegten Freundin. Genaugenommen hatte sie ihn, Edward, abgelegt und den Morgenmantel gleich dazu. Den schleppte er jetzt an, er war pinkfarben und kleidete Nali ganz ausgezeichnet. Er schloß den Übersetzer an, machte das Fenster zu, und sie ließen sich zum quasi Morgenkaffee nieder. Edward fuhr sich mit den Fingern durchs Haar. Eigentlich setzte man sich nicht so, wie man aus dem Bett kam, an den Frühstückstisch. Sie lachte, wahrscheinlich über seine wilde Frisur. Er hatte sie aber nicht warten lassen wollen und verließ sich im übrigen uneingestandenermaßen auf ihre Unkenntnis der hiesigen Sitten, worin er hoffentlich nicht fehlging. Als

erstes schaltete er den Translator ein und „unterhielt"
sich etwas mit Nali.

„Ein neuer Übersetzer kommt", erklärte er und zeigte auf
das Gerät. „Übersetzer?"

„Ja, richtig. Ein neuer, ein anderer, ein besserer kommt."
„Ein Großer? Schöner? Kluger? Fremder? Freundlicher?
Kleiner? Neuer?..."

„Halt", stoppte er sie. „Ein kleiner, neuer Übersetzer
kommt. Ein kluger." Funktioniert doch prima, dachte
Edward. Aber dies Ding war nun mal viel zu unhandlich.
Außerdem, das fiel ihm jetzt ein, gehörte es ihm gar
nicht. Verflucht, das mußte jetzt wieder weg. Schnell
erklärte er ihr noch einiges: „Du kannst alles ansehen,
überall hingehen." Er bezeichnete einige Gegenstände
und machte die entsprechenden Gesten und
Bewegungen. Sie nannte die Wörter in ihrer Sprache.

„Du kannst alles ansehen!" Er tat ein übriges, erhob sich
und machte eine Schranktür und Schubladen auf und zu.
„Und überall hingehen", wiederholte er. Er lief hinaus
und kam wieder herein. Dies erheiterte sie sehr.

Aber nun sollte es genug sein. Das Ding mußte erstmal
weg.

„Der Übersetzer muß jetzt weg, dorthin! Ein neuer wird
kommen."

Nali nickte, tatsächlich, sie nickte, und Jones machte sich
daran, den Kasten wieder in die Waschküche zu
dirigieren. Dort schob er ihn in die Ecke, zog die Plane
darüber und tarnte das Vehikel zusätzlich, indem er
einige alte Möbel davor stellte. Im Notfall konnte er ihn
immer noch wieder hervorzerren. Das war geschafft.
Innerhalb der kommenden Stunde würde die
Unterhaltung zwar etwas karg verlaufen, aber das
Wichtigste war gesagt worden, und im übrigen kam ja
bald ein hervorragendes Gerät, wie er hoffen durfte, das

würde alles wettmachen, mehr als wettmachen. Er freute sich schon unheimlich darauf. Edward ging zurück zu Nali, die aus dem Fenster schaute.

„Nali, ich gehe ins Badezimmer." Er zeigte in die Richtung. Sie sah ihn an, nickte wieder, drehte sich um und ging dazu über, einige Bilder zu betrachten. Edward wusch sich à tempo, rasierte sich flüchtig und war schnell wieder da. Nali schwebte gerade durchs Schlafzimmer, blieb beim Bett stehen und begann, den Wecker zu untersuchen. Sie wirkte bereits mobiler. Alles in Ordnung also. Er hatte noch genug zu erledigen, die Zeit drängte. Erstmal nach dem Hund sehen. Er betrat den Flur – o nein, da lag ja noch immer der Schrank! Ärgerlich und konzentriert machte sich Jones daran, Ordnung zu schaffen.

Das Gepolter lockte Nali an, aber sie guckte nur kurz um die Ecke und verschwand wieder. Als alles geschafft war, öffnete er die Haustür einen Spalt und linste hinaus. Alles klar. Arthur lag hinter dem Busch, bemerkte ihn aber und wandte den Kopf.

„Guter Hund, mach weiter."

Jones schloß die Tür. Er ging wieder ins Haus, setzte sich an seinen Schreibtisch und machte sich Notizen für die beiden Telegespräche, die er zu führen beabsichtigte. Die Uhr zeigte 14.50. Bald war es soweit, der große Rummel würde losgehen. Ja, die Reporter. Die Sache bereitete ihm Sorge. Nali war so zerbrechlich zart, es war nicht auszudenken, wenn sie in gewohnter Manier über sie herfallen würden. Er mußte sich etwas ausdenken, hier war seine Intelligenz gefragt. Und Jones machte sich ein Konzept. Nach kurzem Überlegen war er damit fertig. So würde es gehen, er war gerüstet.

Jones nahm seinen Notizzettel und ging zum Visifon. Er wählte.

„Intercosmic Hotel."

„Jones. Geben Sie mir die Geschäftsleitung, aber direkt, bitte."

„In welcher Angelegenheit?"

„Mrs. Lopez de Toledo erwartet meinen Anruf."

„Ich verbinde."

„De Toledo."

„Hier Edward." Er schaltete die Bildübertragung ein.

„Edward! Mein Lieber. Lassen Sie sich anschauen."

Jones betrachtete sie seinerseits. Eine eindrucksvolle Erscheinung war sie, das gestand er sich ein. Eine schöne Frau, dunkel, sehr formvollendet, aber nicht zu üppig; die Augen schwarz und von verhaltenem Feuer – Jones durchrieselte es eigenartig, aber er hatte doch nur Nali im Sinn, die so zart und ganz anders war. Diese Tigerin da hatte absolut keine Chance, das war klar.

„Edward, Sie sind ein schöner Mann", ihre Augen strahlten, „noch netter, als ich Sie mir vorgestellt habe." Sie seufzte. „Erst aber müssen wir diese andere Angelegenheit bereden. Wie geht es bei Ihnen?"

„Recht gut, – Juanita. Sie hat inzwischen Vertrauen gewonnen und sich zu menschlicher Gestalt entwickelt. Ich glaube, sie angemessen versorgt zu haben. Ich bin damit gut gefahren, dank Ihrer Ratschläge. Sie wollten so nett sein, mir die näheren Zusammenhänge zu erklären, Juanita."

„Gern", erklärte die Direktorin bereitwillig. „Die Gattung, wie Sie bemerkt haben werden, bewegt sich durch Rollen fort, das heißt natürlich", sie lachte, „indem sie rollt. Das ist der gewöhnliche Fortbewegungs-, Ruhe- und auch Abwehrzustand. Näheres über die

Körperlichkeit erfragen Sie am besten bei den Kosmobiologen, sofern Sie es unbedingt wissen müssen. Unsere Freundin muß ziemlich erschöpft gewesen sein, als sie bei Ihnen ankam. Sie war bei uns abends als vermißt gemeldet worden, eine sehr wichtige Person übrigens, und es herrschte eine heillose Aufregung. Nachforschungen ergaben, daß sie wahrscheinlich zur Tür hinausgerollt ist, als sie die Gelegenheiten für Damen aufsuchen wollte. Diese Art Gäste wohnen alle im Parterre, und dort sind überall Schwingtüren eingebaut, so daß sie sich nicht bei jeder Gelegenheit ganz entfalten müssen. Nur, der Eingang muß natürlich überwacht werden, da besteht ganz strenge Anweisung. Ein Skandal! Es ist furchtbar mit dem Personal. Sie muß, wer weiß wie lange, durch die nächtlichen Straßen gerollt sein, wie peinlich. Das Hotel wird sich entschuldigen, haushoch, ich werde die ganze Belegschaft antreten lassen. Es darf keine politischen Verwicklungen geben, der Ruf des Hauses steht auf dem Spiel. Der Himmel war uns gnädig, Edward, daß Sie da waren. Nicht auszudenken, was noch hätte passieren können. Mrs. Aquanali weilt hier mit einigen Gefährtinnen anläßlich des internationalen Frauenkongresses, wo es, wie Sie vielleicht schon erfahren haben, um die Selbstbehauptung geht. Man ist auf dem Planeten noch nicht so weit, müssen Sie wissen. Es gibt immer noch Übergriffe seitens der männlichen Vertreter der Spezies, es muß ganz schrecklich sein. Verbale Herabsetzungen, Injurien, Verführungen, sogar tätliche Angriffe, ja selbst Vergewaltigungen kommen noch vor, obgleich dazu natürlich nicht immer die Möglichkeit besteht..."

„Das kann ich mir denken."

„Aber Edward! Nun, die Damen sind auf unsere Welt gekommen, um sich hier zu informieren und unser spezielles Gesellschaftssystem zu studieren. Merkwürdig, bei uns hier ist eigentlich alles ganz normal, aber, nun ja, Sie haben gehört, was bei denen los sein soll. Das wahre Chaos anscheinend. Da wird es natürlich höchste Zeit, daß sie sich bei einer geordneten Gesellschaft umsehen. Ihr Schützling ist übrigens die Hauptreferentin. Presse ist nicht zugelassen, die darf überhaupt nie herein hier."

„Nali – Mrs. Aquanali als Kongreßteilnehmerin? Das kann ich mir nicht vorstellen."

„Haben Sie eine Ahnung! Höchste Zeit, denke ich, daß Sie es erfahren. Seien Sie vorsichtig und korrekt! Machen Sie ja keine Anstalten."

„Aber Juanita! Nichts liegt mir ferner. Und, wo ich Sie anschaue, verblaßt ohnehin alles andere", log Jones gleich doppelt. Er bedachte in diesem Moment nicht, auf welches Glatteis er sich begab.

„Edward. Das weiß ich doch längst. Wir müssen uns bald privat unterhalten, sehr, sehr bald." Ihr Blick durchdrang ihn wiederum derart, daß er fast ins Wanken geriet, ganz gegen seinen Willen. –

„Also, mein lieber, lieber Edward", riß sie ihn aus der Hypnose, „wie machen wir das jetzt? Wann wünscht die Dame zu uns zurückzukehren? Wie weit ist sie? Hat sie sich erholt?"

„Übermorgen abend!" flunkerte Edward frisch drauflos. Tatsächlich hatte er keinen Schimmer von Nalis diesbezüglichen Absichten. Er würde es ihr schon irgendwie klarmachen.

„Erst? Lassen Sie mich nachdenken. Meines Wissens findet in drei Tagen die Versammlung im großen Saal statt. Das wird sie berücksichtigt haben. Sehr schön, das klappt dann ja. Ich muß schließen, hier sind inzwischen zwei weitere Gespräche aufgelaufen. Wann rufen Sie mich wieder an?"

„Morgen, Juanita, ganz bestimmt, spätestens übermorgen."

„Ja nicht vergessen, Sie Schlimmer." Sie deutete eine Kußhand an und verschwand.

Edward tupfte sich die Stirn ab, schaltete das Bild aus und stellte unverzüglich die nächste Verbindung her.

„Hier International Federation of Extra..." und so weiter. Das kannte er bereits.

„Hier Jones, Edward Jones, habe ich gestern mit Ihnen gesprochen?"

„Gewiß, Mr. Jones, klar. Wie läuft es denn? Sie haben doch den weganischen Herrn bei sich."

„Es ist eine Dame, aber das konnten Sie nicht wissen. Können Sie mir noch ein paar spezifische Informationen geben?"

„Selbstverständlich, gern." Der schien sich an ihn gewöhnt zu haben. Eigentlich war er auch ganz nett, fand Jones.

„Sie haben eine Dame?" Der andere schnalzte mit der Zunge. „Wie nett!"

Edward fand das zwar weniger passend, vergab es ihm aber. Der arme Mensch ahnte ja nichts von seinem, Edwards, Glück. Wie sollte der wissen, daß er verliebt war. Ja, tatsächlich, er war verschossen bis über beide Ohren in dieses liebliche Wesen.

„Ich will Ihnen zunächst den Körperbau erklären", schreckte ihn der andere auf. „Die äußere Form haben Sie bereits gesehen. Konnten Sie bereits Beobachtungen über die Entwicklung machen?"

„Ja, gewiß."

„Sehen Sie: Die feste Haut schützt sie im Rundzustand vor mancherlei Unbilden, besonders aber vor etwaigen Angriffen. Am interessantesten finde ich die Fortbewegungsart, sie dürfte einmalig sein. Durch entsprechende Gewichtsverlagerung sind sie imstande, sich rollend weiterzubegeben, sehr schnell sogar, wenn es darauf ankommt, und natürlich auch anzuhalten. Sie werden fragen, wie sie sich dabei orientieren können. Rechts und links an den Endpunkten der Seelenachse, die parallel zum Boden stabilisiert wird, befinden sich Augenschlitze, die bei Bedarf geöffnet werden. Dies ist jedoch nicht zwingend, da sie mit Rezeptoren für noch andere elektromagnetische Wellen ausgestattet sind. Sie haben noch weitere Augen ausgebildet, die latent vorhanden sind. Was sind Sie von Beruf?“

„Computerfachmann, Spezialgebiet Kommunikation.“

„Bestens, dann werden Sie verstehen, daß ein Gehirn, wenn es sich eingestellt hat, diese verschiedenen Informationen, insbesondere während des Rollens, man kann sagen, spielend verarbeitet. Das können wir abhaken. Bei einer Entwicklung, wie Sie sie wohl zumindest partiell beobachten konnten, wird der Grundkörper in der Weise geöffnet, geteilt und ausgebildet, daß die gewünschte Form herauskommt. Die Vertreter dieser Rasse müssen Gelegenheit haben, das einzuüben, dann geht es schließlich recht problemlos vor sich. Einfalten können sie sich rascher, bei Gefahr sogar blitzschnell, aber das ist für sie furchtbar anstrengend und auch schmerzhaft, und sie müssen sich lange davon erholen. Daher tun sie es nur im äußersten Notfall. Man darf sie auf keinen Fall erschrecken.“

„Da passe ich auf. Ich hatte das bereits im Gefühl, Mister...“

„Webster, John Webster, vorne wie Webs. Aber sagen Sie John! Wo war ich stehengeblieben? Ja, die Schreckhaftigkeit. Das Geschöpf ist bei Ihnen in guten Händen, wie ich merke. Das ist ausgezeichnet, mir auch sehr wichtig. Also weiter. Der ausgebildete Körper stellt ein äußerst graziles Gebilde dar. Sie sind sehr leicht, Ihr Schützling wird etwa 30 Kilo wiegen und hat dabei ungefähr das Volumen eines Menschen. Sie können sich vorstellen, was das bedeutet. Die Stabilisierung ist natürlich entsprechend schwach, besonders unter der hiesigen Gravitation, und sie sind, wenn sie in menschenähnlicher Gestalt auftreten, sehr auf unsere Fürsorge und Hilfe angewiesen. Daß es sich bei diesem Exemplar um eine Frau handelt, ist Ihnen ja nicht entgangen. Zweifellos hat sie sich inzwischen alle Attribute einer solchen zugelegt. Sie Glückspilz, ich beneide Sie.“ Jones gingen die letzten Worte sehr gegen den Strich, aber er beherrschte sich.

„Sie werden sich weiterhin fragen, Edward, wofür das alles gut ist und wie es dazu kam. Damit kommen wir zur Entwicklungsgeschichte und zu den Lebensumständen. Die Rasse ist hochintelligent, führte aber einige Jahrzehntausende hindurch ein relativ bescheidenes Leben. Sie sind schwach, körperlich ziemlich untüchtig und schützen sich lediglich, dies aber sehr wirksam, durch ihr Vermögen der Metamorphose. Steinerne Monumente, Pyramiden oder ähnliches haben sie niemals errichtet, dafür fehlten ihnen bei weitem die Kräfte. Eines Tages nun kam eine humanoide, raumfahrende Rasse auf ihre Welt runter, und diese Leute erkannten schnell, wozu diese Eingeborenen gut waren. Sie nahmen sie überall mit hin auf ihren Raumflügen und profitierten dabei nicht schlecht von ihrer

Intelligenz. Die Reels bildeten ihrerseits ihre Wandlungsfähigkeit immer weiter aus, über eine lange Zeit hinweg, bis zur jetzigen Perfektion. Die Raumfahrerrasse ist längst verschwunden in den Weiten des Alls, es sind wohl unstete Gesellen. Geblieben sind den Weganern die Basis der robotgesteuerten Industrie und die Raumfahrt auf der Grundlage nichteuklidischer Geometrie, was sie mit eigenen Kräften nie hätten aufbauen können. Ein Glücksfall in der kosmischen Historie.

Ja, Edward, das war's fürs erste. Hat mich gefreut, hat mich wirklich gefreut. Wir müssen uns mal treffen, bestimmt können wir Erfahrungen austauschen. Sie haben ja auch ein interessantes Gebiet. Alsdann, Edward."

„Vielen Dank, John. Das machen wir mal, auf jeden Fall sogar. Sie haben mir ungeheuer geholfen, ich kann Ihnen gar nicht sagen, wie sehr. Kann ich Sie anrufen, falls noch ein kleines Problem auftauchen sollte?"

„Klar, geht in Ordnung. Bye, bye."

Das Bild verschwand, und Jones schaltete aufatmend ab. Er war außerordentlich befriedigt, daß er Webster noch einmal angerufen hatte. Ein hervorragender Mann.

Nali kam herein, und er legte schützend den Arm um sie. Gleich würde es losgehen. Er drückte sie noch einmal liebevoll an sich und trat vor die Haustür. Ein vielstimmiges „Hallo" erscholl draußen. Die Meute hatte sich versammelt. Dazwischen das Gebell von Arthur. Es war kurz vor halb vier. Jones winkte den Presseleuten zu und ging wieder hinein. Er führte Nali vorsichtig zu einem Sessel. Nun ging es um die Wurst.

7

Edward Jones trat ins Freie und begrüßte die Versammlung, nachdem er Arthur, der vorschriftsmäßig das Fell sträubte, neben die Haustür beordert hatte.

„Hallo Gentlemen", rief er, „freut mich, Sie zu sehen." Der Pressejournalismus war immer noch eine Domäne der Männer. Die Frauen wollten nicht oder hatten andere Interessen. Und Jones gab nun die erste Pressekonferenz seines Lebens.

„Leute", fuhr er fort, „ich weiß, daß dies hier die Story für euch ist. Ich werde euch nicht enttäuschen, war selber mal bei der Presse. Zwei Dinge sind unbedingt erforderlich:..."

Er stockte, denn eben erschien Meschewski mit umgehängtem Gerät, pünktlich wie ein Maurer.

Jones hob die Hand: „Moment bitte, dies hier ist wichtig, ohne das geht es überhaupt nicht."

Er nahm dem Kollegen den Translator ab und begrüßte ihn:

„Hallo, Igor."

„Grüß dich, Eddi. Hier ist ja schwer was los."

„Kann man wohl sagen. Warte hier bitte, ich muß zunächst damit ins Haus."

Er hängte das Gerät um und wandte sich wieder an die Versammelten: „Also, zwei Dinge. Erstens: Das Girl, das ich euch rausbringe, ist noch sehr schreckhaft. Sie darf auf keinen Fall angemacht werden. Das Mädchen ist ein ganz hohes Tier von Wega Drei", – die Reporter kamen näher mit ihren Mikrofonen – „und es darf keine politischen Verwicklungen geben. Tut mir den Gefallen, Herrschaften. Am besten, ihr einigt euch so, daß die Interviews nach der Reihe gehen können. Zweitens: Das

Gerät hier ist neu, letzte Entwicklung. Unser Vorteil. Aber ich muß erst damit rein und Probeinterviews machen, sonst stehen wir nachher dumm da. Seht ihr doch ein, nicht? Ich verspreche euch, daß ich in fünfzehn Minuten mit ihr rauskomme. Ehrenwort, keine Minute länger. He, du dahinten, wo hast du denn dein Mikrofon?" Gelächter.

„Ja, lacht nur, ich hatte meines mal vergessen, stand ganz schön dumm da bei der Reportage." Brüllendes Gelächter.

„Ihr Jungs könnt euch schon mal meinen Kollegen hier vorknöpfen, prima Kumpel." Er grinste Igor an, der im Nu umringt war, und zog sich schnellstens zurück.

An der Haustür schaute er auf die Uhr, nahm Arthur am Halsband und betrat das Haus. Auf das Gerät war er ungeheuer gespannt: Wegadrei-Programmierung, was konnte er sich mehr wünschen. Nali erschien an der Wohnungstür und staunte Edwards Begleiter an, den sie anscheinend noch nicht gesehen hatte. Solange er angeschlossen in der Ecke gestanden hatte, war er ihr wohl nicht weiter aufgefallen. Arthur sträubte wieder das Fell. „Ruhig, mein Junge", sagte Edward zu ihm, „dies ist ein Gast!"

Er nahm eine Broschüre vom Garderobentischchen, schaute rasch hinein und las noch einmal den Absatz: *Verhalten des Hundes gegenüber fremden Gästen.* „Es genügt, dem Hunde die fremde Person zu weisen und mehrmals, aber eindringlich zu sagen: Guter Freund!"

Er tat wie angegeben, machte Nali beruhigende Zeichen und führte den Hund langsam an sie heran. Der beschnüffelte sie freundlich, setzte sich auf die Hinterbeine und betrachtete sie aufmerksam. Nun kam es darauf an.

Edward schob sich den Translator vor den Bauch und schaltete gleich auf Wechselgespräch und vor allem auf „weiblich". Das erste, was mit wunderbarem Klang aus dem Kasten kam, war:

„Ist dies dein Haustier?" Edward hätte einen Luftsprung machen mögen. „Nali, Nali, ich habe dich gehört. Kannst du mich verstehen?" Dabei sah er schnell nach, ob seine eigene Rede auch männlich moderiert war.

„Ja, Liebster, ich höre dich, du hast eine schöne Stimme."

„Oh, Nali, wie wunderbar, und du hast Liebster gesagt." Er ging ins Zimmer, nahm das Gerät ab und stellte es auf den Tisch, um die Reichweite zu prüfen. Nali kam mit, der Hund trottete hinterher.

„Wie geht es dir, Nali, kann ich etwas für dich tun, wie hast du geschlafen, frierst du auch nicht, hast du Hunger?"

Arthur drängelte sich dazwischen und wedelte heftig mit dem Schwanz.

„Du bist nicht gemeint, und staubzuwischen brauchst du auch nicht. Du bekommst nachher dein Öl." Er klopfte dem Hund auf den Rücken.

Nali, die mitgehört hatte, fing herzlich an zu lachen, was sich aus dem Apparat viel besser anhörte als das Gebrüll des alten Übersetzers.

„Mir geht es gut, Edward, wunderbar. Was machen wir jetzt? Wir müssen ganz viel reden."

Edward kam in die Wirklichkeit zurück. Fünf Minuten waren bereits vergangen.

„Nali, draußen warten Reporter, Presse, Zeitung! Es geht nicht anders, wir müssen gleich raus zu ihnen. Aber dafür darf ich das Gerät hier", er klopfte auf den Kasten, „erstmal behalten. Es hat Vorteile, wenn wir ihnen den

Gefallen tun. Verlaß dich auf mich. Ich paß' auf dich auf, und auch der Hund wird dich bewachen. Warte mal eben, ich will dich noch etwas ausstaffieren, damit sie Respekt vor dir haben."

Er ging nach nebenan und kramte hastig in seinem Fundus, das waren ein paar Andenken an Frauen, die er geliebt hatte. Wehmütig hielt er zwei vergoldete Schuhe in der Hand, aber jetzt war keine Zeit für Gefühle. Er fand einen dazu passenden Gürtel, suchte in der Schublade und fischte noch einige goldene Sternchen heraus.

Nali nahm die Gegenstände mit großem Interesse in die Hände und probierte als erstes die Schuhe.

„Sie sind zu groß", beklagte Edward.

„Die werden gleich passen", erklärte sie zu seiner Überraschung. In diesem Moment hatte er den Eindruck, daß sie körperlich stabiler geworden war. Es handelte sich wohl um das, was Webster als Entwicklung bezeichnet hatte.

Der goldene Gürtel harmonierte wunderbar mit dem pinkfarbenen Gewand, das sie noch immer trug. Sie nahm zwei Sternchen, klebte sie spontan unter die Augen und zog jetzt tatsächlich die Schuhe an. Begeistert führte Edward sie vor den großen Spiegel, wo sie zuerst erschrocken stehen blieb. Der Eindruck verwirrte sie, aber schnell freundete sich sich mit ihrem Abbild an, geriet in wahre Begeisterung und begann, verschiedenes zu richten. Edward war hingerissen von ihrer Erscheinung. Aber nun wurde es Zeit, er wollte keine Minute überziehen. –

8

Die Versammlung hatte bereits Aufstellung genommen. Nach langem Spektakel hatte man sich über die Reihenfolge geeinigt, nur der Vertreter von ‚Zen Buddhists Science' protestierte nachhaltig gegen die Rangfolge, die sie alphabetisch festgesetzt hatten. Wenn schon, dann wollte er unter „B" eingereiht werden, aber es gelang, ihn zu beruhigen. Inzwischen hatten sich immerhin noch zwei Damen eingefunden. Meschewski stand am Gitterzaun. Ein allgemeines „Oh" erscholl, als Edward Jones mit seiner Begleiterin im Eingang erschien, den Hund an der Leine. Es war auch wirklich der größte Auftritt seines Lebens. Aquanali mit ihrer lindgrünen Haut, dem eleganten Gewand und den goldenen Accessoires wirkte wie eine Königin aus dem Märchen. Edward empfand einen nie gekannten Stolz.

Er legte den Arm um sie, und sie schritten langsam den Plattenweg entlang. Meschewski öffnete das Gartentor. Mit erstaunlicher Selbstsicherheit trat sie vor das gute Dutzend Männer und die beiden Damen, die sich alle, bewaffnet mit Kameras und Aufnahmegeräten, vor ihr versammelten. Das Fernsehen war auf dringendes Ersuchen des Amtes für Interkosmische Beziehungen ausgeklammert worden.

Jones stellte das Gerät auf Lautstärke und übergab es Meschewski. „Meine Damen und Herren", begann er mit lauter Stimme, „ich stelle Ihnen Mrs. Aquanali vor, Chefdelegierte der ‚Women Rights Society' von Wega Drei. Sie stellt sich freundlicherweise für diese Pressekonferenz zur Verfügung.

Sie kann sich momentan nur begrenzt im Freien aufhalten, daher bitte ich Sie sehr herzlich, sich mit Ihren

Fragen kurz zu fassen, die Sie bitte nach der Reihe stellen wollen. Mrs. Aquanali!"

Er faßte sie leicht unter den Arm und rückte dabei eine Kleinigkeit von ihr ab. Schon kam die erste Frage, ausgerechnet vom ANIMAL MAGAZINE.

„Mrs. Aquinara-, Verzeihung, Mrs. Aquanali, ich bitte um Entschuldigung für die erste Frage, die ich im Interesse unserer biologisch interessierten Leser stellen muß. Wie pflanzen Sie sich fort?"

„Vermutlich so wie Sie, ich hatte jedoch leider noch keine Gelegenheit, bei Ihnen zuzusehen."

Wieherndes Gelächter. 1:0 für Nali, konstatierte Jones begeistert.

Nun kam das BERLINER TAGEBLATT.

„Sie sind eine sehr schöne Frau, verehrte Delegierte. Gibt es viele solche Frauen bei Ihnen? Umsorgen Sie Ihre Männer?"

„Absolut nicht, hören Sie mal, das fehlt uns noch. Was meinen Sie, warum wir hier einen Kongreß abhalten? Für Ihr Kompliment danke ich Ihnen. Ja, es gibt noch einige wie mich. Kommen Sie doch mal auf unseren Planeten!"

Nummer drei war die Dame von BOSTON NEWS.

„Gestatten Sie die folgende Frage. Ist die Vielehe bei Ihnen verboten oder erlaubt? Und ferner: Erscheinen Ihnen Ihre Sitten vergleichbar mit den unsrigen? Haben Sie Schulen? Wie ist es mit der Kindererziehung?"

„Man tut, was man kann. Zu den letzten Fragen: Natürlich wird der Nachwuchs ausgebildet. Was glauben Sie, von welchen Leuten zum Beispiel unsere Raumschiffe gewartet werden? Zu den ersten Fragen: Wir tun, was uns gefällt."

„Was heißt das, bitte?"

„Wir nehmen die Partner, die wir lieben. Über andere kann gesprochen werden."

„Das ist befremdend."

„Bei uns ist das Liebe, meine Dame."

„Ich danke. Keine weiteren Fragen."

Nali hielt sich prächtig, fand Edward. Weiter ging es mit DENTISTS UP TO DATE.

„Darf ich mich nach der Beschaffenheit Ihrer Zähne erkundigen?"

„Wir beißen jeden, der uns zu nahe kommt, Mr. Toothbreaker." Gelächter, Bravorufe. Nali war Spitze!

GAZETTE FRANCAISE:

„Schöne Frau, lieben Sie die Liebe?"

„Ja, und noch viel mehr den Liebhaber." Begeisterung, kurze Pfiffe.

„Eine Zusatzfrage: Sind die Männer Ihrer Welt galant?"

„Nicht besonders, aber der hier." Sie zeigte auf Edward.

Jetzt kam MOSKOWSKAJA BUDIDKA an die Reihe.

„Haben Sie Erfahrungen mit sozialistischen Gesellschaftssystemen?"

„Ich halte unser derzeitiges System für fortschrittlich. In zwischenmenschlichen Bereichen gibt es Defizite. Wie gesagt, deswegen sind wir hier."

POPOLO DI ROMA fragte:

„Gibt es bei Ihnen historische Bauten, Signora?"

„Gewiß gibt es alte Häuser. Unsere Zivilisation ist, nach Ihrem Zahlensystem, 10.000 mal 1.000 Tage alt. Gebäude aus Steinen haben wir allerdings nicht."

Der Reporter von POPULAR SCIENCE:

„Ich habe gehört, daß Sie sich aus einer Grundform entwickeln können." „Das ist richtig. Zur Zeit bleiben wir bemüht, eine menschenähnliche Gestalt zu entwikkeln, das gebietet uns die Höflichkeit. Über weitere

Einzelheiten erkundigen Sie sich bitte gegebenenfalls bei einem Ihrer Experten, da es sich bei diesen Entwicklungen um einen Bestandteil unserer Intimsphäre handelt."

„Eine Zusatzfrage. Was haben Sie da für ein Gerät, Mister?"

Endlich, das kam Edward Jones wie gerufen. Er legte los:

„Wir haben hier den Talkmaster IV der Firma Communicating Translator Systems Incorporation vor uns, es ist die allerneueste Entwicklung auf diesem Gebiet, weltweit bisher einmalig. Das Gerät kommt in Kürze auf den Markt. Es ist der vorgenannten Firma gelungen, den Preis durch rationelle Fertigung auf nur 40.000 Dollar festzusetzen." Das reichte. Der Alte würde zufrieden sein.

Nun das SKANE BLADET:

„Würden Sie mir einiges über das Klima Ihrer Heimatwelt sagen?"

„Wenn Sie damit das Wetter meinen, so finde ich zunächst mal Ihren Sommer vergleichsweise erträglich. Unsere Verhältnisse sind mir jedoch bei weitem bekömmlicher. Ihren sogenannten Winter gibt es bei uns nicht, da bei uns mehr als eine Sonne scheint. Ich werde daher mit meinen Schwestern schleunigst von hier verschwinden, wenn es kälter wird, sorry."

WORLD MIRROR fragte:

„Haben Sie ein Königshaus in Ihrem Land?"

„Gewiß, unser König hat ein Haus." Heiterkeit.

Und nun kam ZEN BUDDHISTS SCIENCE an die Reihe, doch abermals gab es Schwierigkeiten, diesmal von seiten der zweiten Dame, die sich lautstark bemerkbar machte. Sie war zuletzt erschienen und nicht mehr in die alphabetische Reihenfolge aufgenommen worden. Jones klärte die Angelegenheit und entschied salomonisch, daß sich LADY'S SEX JOURNAL zwischen ZEN BUDDHISTS SCIENCE und ZÜRCHER WELTWOCHE einreihen dürfe.

ZEN BUDDHISTS SCIENCE:

„Geehrte Dame, wie steht es mit der Religion, zu der sich das Volk Ihres Landes bekennt?"

„Mein geschätzter Herr, wir glauben an einen Schöpfer."

„Ist Ihnen die Erleuchtung zuteil geworden, daß unser aller Seelen sich auf einer Wanderung befinden?"

„Davon habe ich noch nichts gehört. Sicher wäre es wertvoll, einiges darüber zu erfahren."

„Wie denn gestaltet sich Ihre Glaubenslehre?"

„Excuse me, Sir. Ich kann Ihnen auf dem Sektor nicht mehr bieten. Wir engen uns nicht ein." Er wandte sich etwas enttäuscht ab und ging geraden Wegs zu seinem Fahrzeug.

Jetzt wurde LADY'S SEX JOURNAL eingeschoben.

„Wir sind nicht zu Ihrem Kongreß eingeladen worden", legte die Dame los, „worüber wird man sprechen?"

„Nun, meine Dame, auch auf unserer Welt gibt es Männer. Und die sind heute noch so, wie die Ihrigen früher waren. Genügt das?"

„Danke, das genügt."

„Warten Sie, ich bin natürlich an Ihren Standpunkten interessiert. Ich biete Ihnen ein audiovisuelles Exklusivinterview an, irgendwann in den nächsten Tagen, was allerdings im Prinzip ganz unüblich ist. Andererseits sind wir ebenfalls hier, um uns zu informieren."

„Das finde ich sehr, sehr entgegenkommend von Ihnen", meinte die Journalistin hocherfreut.

Den Schluß machte die ZÜRCHER WELTWOCHE:

„Leider bin irch der hiesigen Landessprache noch nircht so ganz märchtig", fing er an. Edward gab Igor ein schnelles Zeichen, und der schaltete auf „Landessprache Deutsch" um.

„Irch vernahm von Ihrem beklagenswerten Irrweg. Wie kam es, daß Sie versehentlirch aus dem Hotel gelangten?"

„Nun, ich bin irrtümlich auf die Straße ...gegangen."

„Hat Sie denn keine der Saaltörchter gesehen?"

„Wer, bitte? Was ist das für ein Wort?"

„Saaltochter."

„Det is 'ne Kellnerin, jloob ick, wa?" rief das BERLINER TAGEBLATT dazwischen.

„Ach so, nein, das ging wohl zu schnell, ich hatte ein ziemliches Tempo drauf."

Edward hatte bereits während der letzten Minuten ihre zunehmende Schwäche bemerkt. Er war froh, daß die Angelegenheit nun über die Bühne gegangen war und er sie wieder hineinführen konnte.

„Ladies and Gentlemen", rief er, „Sie waren großartig. Wir danken für die Rücksichtnahme. Good luck!"

Er winkte ihnen noch einmal zu, bereits wieder mit dem Übersetzer bewaffnet, den Meschewski ihm übergeben hatte. Sie gingen den Plattenweg zurück, begleitet von den Beifallskundgebungen der Journalisten, die zu rhythmischen Rufen übergingen. Selbst drinnen waren sie noch zu hören, als Edward den Translator vorsorglich auf „Englisch" zurückstellte.

„Was machen die da noch?" wollte Nali wissen.

„Sie rufen: „Ho, ha, he, Aquanali ist o.k.!" erklärte Edward.

„Eigentlich", fand Nali, „sind die Männer hier ganz nett."

„Das will ich meinen! Schau mich an." –

9

Aufatmend setzten sie sich erst einmal hin. Für den Translator, der eine gute Reichweite bewiesen hatte, fand Edward einen zentralen Platz, der es ihnen ermöglichte, sich während ihrer Gespräche einigermaßen frei zu bewegen. Ansonsten war der Kasten leicht mitzuführen. Er betrachtete Nali etwas besorgt.

„Sag mal, Nali, ich mache mir Sorgen und auch Vorwürfe, dich diesen Anstrengungen ausgesetzt zu haben, obgleich ich nicht weiß, wie ich es hätte verhindern können. Du warst großartig, morgen wirst du der Liebling der ganzen Stadt sein."

„Ach, Wardy, du genügst mir allein. Ich werde mich bald erholt haben." Sie löste die Sternchen von ihrem Gesicht und klebte sie mit großer Sorgfalt auf seine Hände.

Sie genossen die Ruhe um sich her. Im Garten lag der Hund und bewachte das Haus.

„Warte", meinte Edward, „ich suche dir etwas Bequemeres für die Füße."

Sie streifte die goldenen Schuhe, die anfangs so locker ihre kleinen Füße umgeben hatten, herunter, und Edward gewahrte mit Staunen, daß diese jetzt gepaßt hatten. Sie bemerkte seinen Blick.

„Du wunderst dich, Wardy. Ich hatte dich aber darauf vorbereitet. Du siehst, was Aquanali sagt, das stimmt."

„Hängt das mit deiner Entwicklung zusammen?"

„Ja, auch das hängt damit zusammen, mein Liebling", sagte sie kurz.

„Verzeih, daß ich danach gefragt habe."

„Du darfst danach fragen. Du kannst alles fragen. Für dich habe ich keine Intimsphäre."

„Danke, Nalilein. Ich liebe dich. Was für ein Glück, daß du zu mir gekommen bist."

10

Das Visifon meldete sich: „Intercosmic Hotel. Ich verbinde mit Señora de Toledo."

Was wollte die denn schon wieder? Er sollte doch selber wieder anrufen. Jones fand sich durchaus überfordert, was den heutigen Tag betraf.

„Hallo, Edward!" Sie sah jetzt noch verführerischer aus, verdammt .

„Señora, ich bin überrascht!" „– und freue mich sehr", fügte er eilig hinzu.

„Juanita! Juanita! Lassen Sie doch die dumme Señora weg. Im Moment läuft hier alles recht ruhig, da hatte ich etwas Zeit, an Sie zu denken. Heute abend veranstalte ich übrigens einen Empfang im Hotel!"

„So? Wer kommt denn?" fragte Edward ohne großes Interesse.

„Ach, privat. Rein privat. Ich möchte Sie einladen!"

In seinem Kopf ging ein Mühlrad herum. Auch das noch! Hatte er nicht schon genug um die Ohren? Nach flirten, oder was immer das abgeben sollte, stand ihm durchaus nicht der Sinn. Diese Frauen! Manchmal wünschte er sich, etwas weniger Erfolg bei ihnen zu haben.

Glutäugig starrte sie ihn an. Er mußte etwas sagen.

„Sie kommen doch, oder?" redete sie schon wieder weiter. „Wir müssen unbedingt ein Glas trinken auf unsere neue Bekanntschaft."

Ihr Busen wogte. Ihr Parfüm schien ihm geradezu wahrnehmbar. Und nun lächelte sie auch noch derart verführerisch, daß Jones' logisches Denken irgendwo im Nebel zu verschwinden drohte.

„Ja, äh, um welche Zeit denn?" Jones fiel nichts anderes mehr ein. Sie schien seine indirekte Zusage für ganz selbstverständlich zu halten.

„Ich wußte, daß Sie kommen. Erscheinen Sie doch ganz leger, in bequemer Kleidung, das finde ich netter. Sagen wir um acht. Ich freue mich auf Sie, Sie Lieber!" Er sah noch ihre Kußhand, bevor der Schirm sich verdunkelte. Zunächst mal suchte Edward einen Sessel auf, wo er eine Weile mit aufgestütztem Kinn verharrte. So verführte man Männer, natürlich, die Tour kannte er. Sie hatte ihn souverän eingewickelt, darüber war er sich klar. Er kam sich reichlich naiv vor, aber andererseits, er war nun mal kein Neutrum, und bei einer solchen Paarung von Leidenschaft und Raffinesse konnte es schon passieren, daß... – Jones merkte, daß er dabei war, Rechtfertigungen zu suchen. Normalerweise hätte er das Ganze durchaus amüsant gefunden, aber Nali! Edward war jetzt wieder in der Wirklichkeit. Dieser Zwiespalt war es, der ihn so kopflos gemacht hatte. Zu anderer Zeit hätte er das zu erwartende Abenteuer vielleicht sogar aufregend gefunden. Aber was nun? Mit Nali reden. Auf keinen Fall unaufrichtig sein, so würde er gar nicht erst anfangen, das war nicht seine, Edward Jones' Art. Wo war sie eigentlich? Er hörte ein leises Plätschern. Jones erhob sich, verließ das Zimmer und sah, daß die Badezimmertür offenstand. Im Vorbeigehen nahm er den Translator an sich.

Nali lag auf dem Wasser, entspannt, die Beine leicht geöffnet.

„Hier kann ich mich schön ausruhen, Edward. Laß mich noch hier."

„Natürlich, Liebste. Ich freue mich sehr, daß du es dir so schön bequem gemacht hast." Edward betrachtete sie lächelnd. „Bleib da liegen, solange du magst."

Er konnte den Blick nicht von ihr wenden. Sie war für ihn der Inbegriff der zarten Weiblichkeit, und nun wanderte sein Blick langsam von ihren Zehenspitzen an ihrem unverhüllten Körper hoch bis zu ihrem lächelnden Gesicht mit den großen sanften Augen. Sehnsucht nach ihr ergriff ihn, Sehnsucht, ihren zarten, feingliedrigen Körper in seine Arme zu nehmen, sie zu umfangen, zu streicheln, zu küssen. –

Er hätte es getan, sie lachend aus dem Wasser gefischt und an sein Herz genommen. Dies war aber nicht die Stunde. Erst mußte er mit ihr reden, erklären, daß er abends wegmüsse, und überhaupt, er mußte erfühlen, wie sie empfand, wie sie dachte. Er würde auf die Bestätigung hoffen, daß es richtig war, sich ihr anzuvertrauen.

Ja, so und nicht anders wollte er es machen. Sie war seine große Liebe geworden, und wichtig war nur, ob sie dies ganz und gar spürte.

Er beugte sich zu ihr herab, so weit der Beckenrand es zuließ:

„Ruh dich weiter schön aus, ich schau ab und zu nach dir!" Er winkte ihr liebevoll zu und ging hinaus.

11

Zu Edwards großer Erleichterung gab es überhaupt keine Probleme mit Nali. Es kam ganz anders, als er gedacht hatte. Sehr anders. Nali fing an zu lachen in ihren hohen, zwitschernden Lauten, mit denen der Übersetzer nicht recht etwas anfangen konnte, als er mit seinen

Erklärungen begann. „Oh, Edward, du müßtest dich sehen, wie du mit hängenden Ohren deine Beichte ablegst. Und einen Blick hast du jetzt wie, ja genau wie dein Haustier. Wo ist es eigentlich?"

„Im Garten. Aber sag mal, du regst dich wohl gar nicht auf, nicht mal überrascht bist du."

„Wovon denn? Ich habe doch alles gehört."

„Was? Stimmt, ich hatte den Translator nicht abgestellt. Wie dumm."

„Gar nicht dumm. Oder gibt es Geheimnisse?"

„Nie, Nali, niemals. Deshalb habe ich ja auch begonnen..."

„Du bist ein lieber, umständlicher, etwas hilfloser Liebling, Liebling! Paß mal auf, mit dem Weibsteufel werden wir schon fertig, das heißt, wir wollen ihr nichts tun. Du tust das, was sie will."

„???"

„Wardy, was sollen denn die Probleme? Was sagte ich zu dieser Reportertante?"

„Unsere Männer sind noch so, wie eure früher waren. – Das heißt, ich nicht."

„Nein, du nicht." Nali lachte wieder. „Aber die Sextante meine ich nicht, sondern die erste."

„Ach so, die andere."

„Zu der sagtest du: ,Wir lieben unseren Freund, über andere muß verhandelt werden,' oder so ähnlich."

„So etwa. Wir verhandeln jetzt."

„Oh, Nali, wie furchtbar."

„Furchtbar komisch." Wieder lachte sie.

Edward überlegte. Wundern brauchte er sich nicht. Er hatte sich Hals über Kopf in ein wunderschönes, fremdes Wesen verliebt, deren zarte Andersartigkeit ihn fasziniert hatte. Jetzt hatte er es. Es mußte aber eine Brücke geben. Was wollte er überhaupt? Dieser Toledo hatte er zugesagt, vielmehr, sie hatte seine Zusage irgendwie herausgeholt und dann aufgelegt. Er war kein Kind von Traurigkeit, aber Nali...

Sie sah ihn aufmerksam an mit ihren verwirrenden Augen und legte sanft die Hand auf seinen Arm:

„Wardy, du denkst zuviel. Und jetzt bist du für mich – – wir sagen: eine freie Landschaft."

„Ein offenes Buch."

„Gut: Du müßtest, du willst nicht, du möchtest, du darfst nicht, du könntest, du magst nicht, du leidest, du liebst mich."

„Ein schönes Gedicht, ziemlich wahr. Der Übersetzer ist jedenfalls hervorragend."

„Du auch, du weißt es nur nicht."

Edward staunte. Dieses zarte Geschöpf, das ihm so hilfsbedürftig erschienen war, schien bemerkenswert gefestigt zu sein. Sie hatte ihm sogar, wenn er es recht bedachte, die ganze Überlegenheit abgenommen, nur so nebenbei, mit leichter Hand. Langsam dämmerte ihm, daß er Nali vielleicht gewaltig unterschätzte. Was hatte dieser Webster noch behauptet? Ein hohes Tier oder sowas sollte sie sein. Jetzt erschien es ihm glaubhaft. Er betrachtete sie mit ganz anderen Augen, aber mit gleicher Liebe. Was auch immer sie war, es sollte und durfte nichts zwischen ihnen stehen.

„Nali, ich liebe dich." sagte er plötzlich spontan. Sie schauten sich an und schlossen sich in die Arme.

„Was ist nun?" fragte er nach einer Weile.

„Es ist das, was ist. Warum sollst du nicht zu diesem weiblichen Menschen gehen, die Dame scheint recht schön zu sein. Beruhige dich doch endlich. Außerdem denke ich hier in meinem Kopf. Ich überlege, daß ich zum Kongreß hier bin mit ganz bestimmter Ausrichtung, und da würde es die Leute zumindest sehr verwirren, wenn ich mich gleich mit so einem lieben, hübschen Erdenmenschen zusammentue. Die Direktorin ist nicht dumm! Die weiß doch sofort, wo das Tier schleicht, oder wie sagt ihr, wenn du plötzlich verhindert bist. Das ist das eine. Zweitens erkläre mir mal: Was wirst du machen, wenn ich wieder abgereist bin, zurück zu meiner Welt?"

„Oh, Nali, daran mag ich noch gar nicht denken. Jedenfalls werde ich warten auf dich, warten, bis du wiederkommst oder bis ich zu dir kann. Ich werde nur an dich denken, du wirst immer in meinem Herzen sein."

Nali war sichtlich gerührt. Dennoch sagte sie nach einer Weile:

„Ihr Menschen könnt so schön reden. Das meine ich wirklich so. Ihr meint auch, was ihr sagt. Aber wir haben auch Männer, und Männer sind Männer, die können auf Dauer nicht, wie sie wollen oder wie sie nicht wollen. Wieviel Jahre willst du denn keine Erdenfrau ansehen? Du mußt jetzt mal nüchtern sein."

„Ach, Nali, du hast recht. Aber ich mag überhaupt nicht daran denken."

„Du denkst sowieso zuviel. Schluß jetzt?"

„Schluß. Ich muß dir nur noch sagen, wie sehr du mich verstehst und mir geholfen hast. Du kannst in mir lesen wie auf einem Feld."

„In einer Landschaft."

12

Es war halb acht. Edward Jones war unterwegs zur Tigerin Juana – neugierig und erregt, ganz gegen seinen Willen. Unterwegs machte er einmal Halt bei einem

Lokal, setzte sich hinein und bestellte ein Getränk. Er betrachtete die Gäste, lauschte auf ihre Gespräche und versuchte sich auch sonst abzulenken. Er mußte einen Übergang haben; der direkte Weg wäre ihm unmöglich gewesen.

Als er sich wieder aufmachte, war ihm, als ob ihn unsichtbare Fäden zögen, immer stärker, je näher er dem Hotel kam. Ihm war noch nie so klar gewesen, welche Macht attraktive Frauen auf einen hinreichend leidenschaftlichen Mann ausüben konnten, wenn sie alle Register zogen. Und das war hier der Fall.

Im letzten Moment hatte er noch daran gedacht, zum Glück, eine Antipille zu nehmen; auf keinen Fall durfte es Komplikationen geben; wenn er sie verärgerte, konnte sie ihm bei seinem Chef schaden. Leidenschaftliche Frauen waren mit Vorsicht zu behandeln, zu leicht und sehr heftig konnten sie ins Gegenteil umschlagen. Ihm wurde bewußt, daß ganz im Grunde diese Sorge es war, die letztlich den Ausschlag für seinen Entschluß oder, genau genommen, seine Folgsamkeit gegeben hatte.

Ja, ganz ehrlich betrachtet: Er hatte Angst vor ihr, wenn er sich dieses Wort auch nicht gestattete und auch im täglichen Leben durchaus nicht furchtsam war.

Vor dem Hotel wurde er zunächst einmal schroff abgewiesen, mit Hinweis auf den intergalaktischen Kongreß. Was Señora de Toledo betraf, so hatte sie zudem wissen lassen, sie habe die Eröffnungsrede vorzubereiten und sei nur in den dringendsten Fällen zu sprechen.

Mit Mühe gelang es Jones, den Portier zu einer telefonischen Anfrage zu bewegen, ob er wegen einer dringenden Angelegenheit, die heute noch zu erledigen sei, vorgelassen werden könne. Und siehe da, der Portier, der ihn doch glatt vor der Tür hatte stehen lassen, kam zurück mit der Meldung, Mr. Jones werde gebeten, einzutreten.

Der kriegt kein Trinkgeld, dachte Jones. Wenn ihm auch die Maßnahmen Juanas bekannt waren – vor der Tür stand er nun einmal nicht gern.

Der Portier geleitete ihn persönlich, wenn auch mit hochgezogenen Brauen, in den dritten Stock, wo er auf eine Tür wies, sich verbeugte, einen Moment wartete und sich dann ruckartig umdrehte und abmarschierte.

Jones sah belustigt hinter ihm drein, als auch schon Juana in der Tür erschien, sich mit einem raschen Blick überzeugte, daß ihr Bediensteter gerade um die Ecke verschwand, und nun Edward mit beiden Händen an den Schultern faßte, ihn in den Raum dirigierte und geschickt mit dem Spann ihres Fußes die Tür zuschlug.

Hat die einen Griff! dachte Edward, bereits benebelt von der Parfümwolke, die sie umgab.

„Edward, ich freue mich; es war eine reizende Idee von Ihnen, mich zu besuchen!"

Edward war reichlich verblüfft von ihrer Kunstfertigkeit, die Dinge umzudrehen. Aber, egal, wie war ihm nur zumute! Dieser Duft mußte eine dieser neuen Kreationen sein, derer sich die Frauen hin und wieder bedienten, wenn auch, genau genommen, nicht gerade die der guten Gesellschaft. Aber das schien dieser Juanita schnuppe zu sein. Von irgendwelchen Gästen war hier natürlich auch keine Spur. Erotik total! Er wurde sich etwas peinlich seines Zustandes bewußt, aber sie schien nichts weiter zu bemerken.

„Setzen Sie sich einen Moment, Edward, in diesen Sessel; ich bin gleich fertig."

Sie setzte sich hinter ihren großen Schreibtisch und begann, so als ob sich nichts ereignet hätte, einige

Papiere zusammenzulegen. Edward schaute sich vergeblich nach etwaigen weiteren Gästen um. Das ist vielleicht eine Frau, sinnierte er. So wild sie war, konnte sie anscheinend doch mit jeder Situation umgehen. Er nicht. Aber klar, dieses verfluchte Parfüm war ja nur auf Männer ausgerichtet, hundertprozentig.

Flüchtig, ein letztes Mal, dachte er an Nali. Ob die auf ihrer Welt auch solche Männerfangmethoden hatten? Aber nein, dort war ja alles noch so wie im Alten Testament. Nali hatte gesagt, daß sein Besuch hier nichts bedeutete für sie. Nun, für ihn gewiß auch nicht. Dies hier war eine sexuelle Momentaufnahme; leidenschaftlich, aber nicht zur Wiederholung bestimmt. So gut kannte er diese Art Frauen schon. So hatte Nali gewiß recht, wenn sie sagte, sie brauchten sich hierüber nicht mehr zu unterhalten. Er war froh darüber. Ein Ausnahmefall, der schon vergessen war, ehe er sich ereignet hatte.
Weg mit den Gedanken! Nali gehörte nicht hierher. Sie war eine andere Welt, sie war seine eigentliche Welt geworden. Er betrachtete Juana, die sich mit einigen Schriftstücken beschäftigte, als ob er gar nicht vorhanden sei. Ein merkwürdiges, ein gefährliches Weib! Er betrachtete sie eingehender. Schwarz und rosig, blühende weibliche Erotik, ganz und gar. Er steigerte sich immer mehr in seine Betrachtungen hinein. Sein Puls ging wieder schneller. Das Parfüm hing in der Luft. Die Papiere raschelten. Ihr Kleid schien ihr auf den Leib geschneidert, auch wenn es recht wenig bedeckte. Das Dekolleté paßt nicht zum Schreibtisch, stellte er fest, – ein letzter Versuch, Kontrolle über seine Gedanken zu behalten. Sie sah auf: „So, ich bin fertig."

Sie legte die Papiere beiseite, erhob sich mit unwahrscheinlich sinnlicher Grazie und sagte mit unbefangenem Lächeln: „Entschuldigen Sie, Edward, daß ich Sie eine Minute warten ließ. Es ist mir sehr schwergefallen, aber die Geschäfte! Kommen Sie, lassen Sie uns in den Teeraum gehen, hier ist alles so sachlich!"

Er erhob sich, und sie betraten einen Nebenraum. Teeraum! Edward kam das Grinsen an. Eine Männerfalle war das! Die Frauen wollen gewöhnlich doch nur das eine! Dann war man wieder abgemeldet, ein Strich auf der Liste. Das störte Edward aber jetzt nicht im geringsten. Als sie ihr Kleid oben etwas herunterzog, so daß die Schultern frei waren (schöne Schultern, raffinierter Gummizug!), war er kein bißchen überrascht. Er war in einen Rauschzustand geraten (das Teufelszeug!), der ihm alles selbstverständlich erscheinen ließ. Alles erschien unkompliziert, aber aufregend, interessant und herrlich verführerisch.

Dieser „Teeraum"! Das war ja wohl ein Witz. Schwere Stofftapeten, verführerische Beleuchtung, leise Musik, und eine Couch mit schwarzroter Decke. Auf dem Glastisch Sekt im Kühler und zwei Kristallkelche. Juanita plötzlich eng in Seide – wo war das Kleid geblieben? Sie ließ das Licht noch rötlicher werden.

„Stoßen wir an! Machen Sie es sich doch noch bequemer!"

Edward wußte natürlich, was damit gemeint war. Sie schenkte ein, während er seinerseits einige „unbequeme" Kleidungsstücke ablegte. Sie tranken aus, zwei heiße Arme legten sich um ihn, und ein ebenso heißer Kuß brannte auf seinen Lippen. Er riß sie an sich, bog ihren Kopf zurück, und während seine Hände ihre Rundungen erfühlten, erwiderte er ihren Kuß, immer stürmischer werdend. Jetzt gab es kein Halten mehr. Sie rissen sich die letzten Kleidungsstücke vom Leib, lagen übereinander, gerieten in immer größere Ekstase, die Gläser fielen um, sie wälzten sich auf dem Boden, umklammerten sich auf der Couch. Juana drehte die Musik lauter und schaltete verborgene Scheinwerfer ein, so daß sie ihre glänzenden Augen, die keuchenden Münder, ihre schweißnassen Körper erkennen konnten. Was war das, hier war wohl alles perfekt: Juanita zog an einer Kordel und über ihnen wurde ein Spiegel sichtbar, der nun alles restlos abbildete, was zwischen ihnen noch verborgen gewesen war. – – –

Der Morgen dämmerte.
Juana stützte sich auf und betrachtete ihren ruhenden Liebhaber, der nach vielen wilden Stunden neben ihr und mit ihr eingeschlafen war. Schön ist er, dachte Juana, so schön und so stark. Sie gab ihm einen behutsamen Kuß, von dem er nicht erwachte, und legte ihre Wange an die seine. Es war schön gewesen, wunderschön. Sie hatte sich nicht getäuscht in ihrer Wahl. Sie hatte sich noch nie getäuscht, auf ihren Instinkt konnte sie sich verlassen. Sie lächelte. Ach, die Liebe war schön. Und der hier war einer der Besten. Wieder ein einmaliges Erlebnis. Wann würde sie wieder so ein Glück haben? Aber hiervon konnte sie erst einmal zehren. So etwas gab ihr Kraft, Kraft und Selbstbewußtsein. Für viele Wochen würde die Erinnerung reichen. Immer wieder einmal würden Szenen dieser Nacht in ihrer Erinnerung auftauchen; Momente, die aufbauten und stärkten im täglichen Streß. Sie erhob sich und ging ins Bad. Heraus kam eine ganz andere Juana. Straff, gefestigt, den vom Personal so gefürchteten energischen Zug um den Mund. Sie schrieb Edward einige Zeilen und schritt hinaus, die Tür langsam zuziehend, bis sie einklinkte.

13

Sieben Uhr dreißig morgens. Jones befand sich im Badezimmer, wieder zu Hause. Er duschte ausgiebig, putzte die Zähne, rasierte sich – und war erst zufrieden, als er angezogen und wie aus dem Ei gepellt im Zimmer stand. Woher sein großes Reinlichkeitsbedürfnis eigentlich herrührte, war ihm nur halb bewußt; es war aber nicht nur die äußere Person, um die es ging. –

Nali, im Schutz ihrer Kugelgestalt, hatte sich noch nicht gerührt; er wußte, daß sie in diesem Zustand kaum Notiz von ihrer Umgebung nahm, nur hin und wieder hatte er eine leichte Bewegung der Wasseroberfläche wahrgenommen.

Er machte sich Kaffee, frühstückte und schaute derweil die Morgennachrichten an. Seine Gedanken schweiften kurz ab zu der wilden Hotelnacht, aber diese Stunden erschienen ihm schon sehr fern. Es war, als ob ein Schleier zwischen der Nacht und dem Morgen hier zu Hause läge, wo er nun verhältnismäßig frisch und ganz und gar sauber am Kaffeetisch saß. Kurz tauchten Bilder vor seinem geistigen Auge auf, erregten ihn wider Willen erneut, aber die schob er entschlossen beiseite: Es war schon toll gewesen und ein sehr starkes Erlebnis, aber nun war ein neuer Tag, und vor allen Dingen war da jemand, da war ein Wesen, zart und rein, das er mehr liebte als alles auf allen Welten, und sie liebte ihn. Die Bilder der Nacht gehörten nicht hierher und würden auch nicht wieder an die Oberfläche kommen. So sollte es sein, und so hatten sie es auch beschlossen. Später würde er sich sogar stark genug fühlen, Juana anzurufen, wie es die Höflichkeit erforderte, und für den Abend zu danken.

Nali! Ihm wurde warm ums Herz, und ein Lächeln erschien auf seinem Gesicht. Er trank den letzten Kaffee aus und erhob sich, ging ans Visifon und wählte eine Nummer.

„Translator Systems."
„Jones, ich hätte gerne Herrn Hufenbach."
„Ich verbinde."
„Sekretariat, Hoppe." Ein blondes Gift.
„Guten Morgen, Jones, ich möchte Herrn Hufenbach sprechen."
„Das geht leider nur über die Anmeldung!"
„Aber hören Sie, ich sollte täglich Bericht..."
„Bericht? Sagen Sie, sind Sie vielleicht *der* Jones?"
„Ich weiß nicht, welcher Jones ich bin, jedenfalls geht es um die Berichterstattung über meinen exklusiven Besuch."
„Ja, Mr. Jones, das ist ja interessant, warum haben Sie das nicht gleich gesagt!"
„Kein Mensch sagt alles gleich. Ich heiße nun mal Jones. Wenn Sie Smith hießen, würden Sie das Problem kennen."
„Sagen Sie ruhig Schmidt, ich bin Teil der deutschen Angestelltengruppe."
„Freut mich, Frau Schmidt, freut mich wirklich, ich mag die Deutschen."
„Das freut mich aber sehr, Mr. Jones, schade, daß wir uns noch nicht kennen."
Jones durchfuhr ein Schreck. Sowas Ähnliches hatte er gerade hinter sich. „Wirklich schade, Frau Schmidt, Verzeihung, Frau Hoppe, das läßt sich sicher nachholen, zunächst aber muß ich dringend den Chef sprechen."
„Aber natürlich, lieber Mr. Jones, wie ist eigentlich Ihr Vorname, – ich verbinde mit dem Chef."

Hufenbachs markantes Gesicht erschien.

Auch so ein Supermann, dachte Jones. Wenn die Deutschen im Geschäftsleben erst mal Fuß gefaßt hatten, waren sie fast besser als die Amerikaner. Aber oft so tierisch verbissen!

„Hallo Mr. Jones, Sie sind früh auf." Der erkannte ihn doch tatsächlich wieder. Da sah man, wie wichtig die Angelegenheit war.

„Natürlich, Herr Hufenbach. Ich sehe das hier schließlich nicht als Urlaub an. So ein fremder Gast erfordert auch ständig Aufmerksamkeit, von morgens bis abends." Die Nacht ließ er aus.

„Kann ich mir denken, Jones, kann ich mir denken. Und dann noch eine Dame, oha. Passen Sie auf, ich habe folgenden Auftrag:

Machen Sie einen Bericht für die Presse vom Verlauf der ganzen Geschichte, in groben Zügen. Details sind aber erforderlich bei der Beschreibung des Gerätes, das ich Ihnen zur Verfügung gestellt habe. Das war ein Glücksfall für Sie! Ohne den Translator wären Sie völlig ratlos gewesen. Flechten Sie die Typenbezeichnung ein. Ja, Sie hätten sich überhaupt nicht zu helfen gewußt, hätten den Gast nur dumm angeschaut, seine Bedürfnisse nicht verstanden, vielleicht wären Ihnen grobe Fehlhaltungen passiert, Staatsaffäre, internationale Verwicklungen und so weiter, kurz, es ist ein wahrer Segen, daß es dieses moderne Gerät gibt und so weiter, und so weiter, Sie wissen schon, hatten ja bisher alles schnell kapiert, nur weiter so, und den Bericht, den Sie bitte bis neun Uhr dreißig fertigmachen, sofort per Expreßboten zu mir zur Durchsicht und Abzeichnung; auf Wiedersehen, Herr Jones."

Weg war er.

Hm, das läßt sich machen, fand Jones. Wenn das exakt erledigt würde, würde der Alte ihn heute vermutlich nicht mehr belämmern. Er verließ das Zimmer und sah vorsichtig nach Nali. Die bewegte sich gerade und war mit ihrer Formveränderung beschäftigt. Jones schloß leise die Badezimmertür –

Diese Juanita würde er nachmittags kurz anrufen, das reichte. Mit einem Male wurde ihm wieder der große Unterschied zwischen den beiden Frauen bewußt. Ganz klar ging ihm auf, was eigentlich in der Nacht nicht dagewesen war: Ihre Seelen waren nicht beteiligt gewesen, richtige Liebe war das nicht und – ja, der Humor, jeglicher Humor hatte gefehlt. Ihm wurde klar: Er könnte noch so solo sein, einsam oder ausgehungert, so eine Verbindung würde er niemals eingehen, – jedenfalls nicht auf Dauer.

Und wieder wurde ihm warm ums Herz, als er an seine wahre Geliebte dachte, die all das hatte und darbot, was er in der Nacht – unbewußt – vermißt hatte.

Er bestellte einen Eilboten für halb zehn und machte sich an die Arbeit.

Dieser Eilbotenquatsch. Der Boß bildete sich ständig ein, Telefaxe könnten abgehört oder, meinetwegen, abgeguckt werden. –

Nach einer Stunde erschien Nali, schön wie nie, zart und seelenvoll, so wie er sie liebte. Edward war gerade fertig mit seiner Arbeit und schaltete den Übersetzer ein. Sie kam zu ihm, setzte sich auf seinen Schoß und legte den Kopf an seine Brust.

„Guten Morgen, Liebster, es ist schön bei dir."

„Nali. Ich mußte einen Bericht machen, jetzt habe ich Zeit." Er küßte sie und umfaßte ihren zarten Körper. „Hast du gut geschlafen?"

„Ganz wunderbar. Es ist gut bei dir."

„Diese Welt muß für dich sehr fremd sein."

„Ach, Ward, ich hätte nie gedacht, daß ich auf dieser Erde einen Menschen lieben würde. Wie weit entfernt sind unsere Welten! Und doch überbrückt unsere Liebe alles."

„Ja, und es ist, als bedeuteten die Welten gar nichts, es ist, als sollte es so sein, daß wir uns fanden."

„Ja – Edward." Diese beiden Worte sagte sie deutlich vernehmbar in seiner Sprache, mit klarer, hoher Stimme. Er war überrascht. Selber konnte er noch gar nicht daran denken, sich an ihre Sprache heranzutasten. Wie klug sie war! Ihm kam ein Gedanke.

„Nali, ich habe einen Grammatikchip für die englische Sprache. Könntest du etwas damit anfangen?"

Sie klatschte in die Hände. „Natürlich, Wardy, gib her, ich fange gleich an, wir lernen schnell, Wardy, wir sind eine alte Rasse, wir von Wega. Ein guter Gedanke! Heute mittag kann ich das meiste!"

Edward staunte nicht schlecht. Er ließ sie hinuntergleiten und suchte den Sprachkursus heraus. Nali verschwand damit im Nebenraum, wo ein Wiedergabegerät stand; den Translator nahm sie mit. Ein Segen, dieser Übersetzer, dachte Edward.

14

Arthur stand noch angeschlossen in der Ecke. Edward machte ihn los und stellte ihn an. Er straffte sich, spitzte die Ohren, und seine Augen nahmen Ausdruck an. Er legte den Kopf schief, schaute seinen Herrn an und begann, langsam mit dem Schwanz zu wedeln.

„Guter Hund!" Er war jetzt voll geladen, das reichte zwei Tage.

„Waff!" Der Hund schnüffelte herum. Mit einem Mal fing er laut an zu bellen und rannte in Richtung Haustür, gegen die er in halber Höhe ansprang. Was war das? Reporter? Ein Hausierer? Vielleicht zwei Evangelisten? „Nicht beißen!" schärfte Edward ihm ein und öffnete die Tür.

Dort stand niemand. Der Hund fegte in den Garten, weiter laut bellend, und raste am Zaun entlang.

Der ist gut aufgeladen, stellte Edward fest. Überhaupt war er gar nicht so schlecht, wenn es darauf ankam. Was war da nur? Edward sah nichts. Arthur begann, einen Busch zu attackieren, und heraus wischte ein kleineres Tier, verfolgt von dem Hund, der es fast erreichte, als das Krallentier am Stamm eines Baumes hochkletterte, der am Grenzzaun stand. Von dort sprang das pelzige Wesen hinunter auf das Nachbargrundstück und spazierte dann in aller Ruhe auf das Nebenhaus zu. Da haben wir es, ärgerte sich Edward, schon wieder dieses verdammte Katzenvieh der Nachbarn. Zwar hielt es seinen Hund im Training – man konnte bei solchen Gelegenheiten gut feststellen, ob Arthur in Schuß war –, aber das ganze Spektakel war ihm höchst zuwider. Überhaupt, was hatte es denn für einen Sinn, sich eine solche Mechanokatze zu halten; reine Spielerei.

Mäuse gab es hier nicht, auch auf seinem Grundstück nicht, und außerdem konnten die sich doch eine richtige Katze halten; im Gegensatz zu einem echten, ausgewachsenen Hund war eine solche ja durchaus pflegeleicht, sauber und unauffällig. Arthur stand dumm am Zaun. Edward pfiff kurz, und sein Hausgenosse kam angesprungen, streckte die Vorderbeine vor, die Schnauze nach oben haltend, und begann wieder zu wedeln. Sie gingen auf das Haus zu, durch den Korridor ins Zimmer, wo sich inzwischen Nali aufhielt. Sie war schön naß, wie ihr Geliebter feststellen mußte. Anscheinend hatte sie ihren Kursus unterbrochen und mal wieder das Badezimmer unsicher gemacht, worauf auch eine kleine Pfütze hinwies, die sich zu ihren Füßen bildete. Edward fand, daß sie unheimlich süß aussah, wie sie da so tropfnaß stand, ohne daß er an seine gute Zimmereinrichtung dachte. Arthur begann, das Wasser aufzulecken. „Hör auf!" schimpfte sein Herr. „Nachher hebst du wieder das Bein irgendwo am Schrank!" Blöde Programmierung. Was hatte der Käufer davon, wenn sich das Erzeugnis derart echt benahm.

Aber das lag an einigen spleenigen Kunden, die alles nicht echt genug haben konnten. Die sollten sich doch einen lebendigen Hund anschaffen, dann könnten sie ja morgens in aller Frühe aufstehen und ihn zum Pinkeln ausführen.

Er hatte Arthur wohl etwas zu laut angefahren. Der machte einen Satz zurück, stieß die Lampe mit dem Hintern um, wich zur Seite und landete am Schrank.

„Arthur! Kusch! Wenn du dich beschädigst, muß ich dich einschicken. Reklamation! Kennst du das? Re - kla - ma - tion."

Das schien der Hund zu verstehen. Er kroch langsam auf dem Bauch auf ihn zu, besann sich aber anders und wandte sich zu Nali, die hell auflachte. Dort angekommen, legte er die Schnauze auf die Pfoten und schaute mit treuem Hundeblick zu ihr auf. Das war doch ein verdammt schlauer Köter. Nali begann, ihn zu kraulen. Arthur schnaufte auf, legte sich noch flacher und würdigte Edward keines Blickes mehr. Dieser ging kopfschüttelnd in den Baderaum, holte ein Handtuch und begann mal wieder, Nali abzufrottieren, was fast schon zu einem Ritual geworden war.

„Wie weit bist du denn?" fragte er dabei.

„Edward - ich - liebe - dich - Wardy - mein - liebster - Mann."

„Nali! Großartig!" Er hatte schnell den Translator abgeschaltet. Nun stellte er ihn wieder an:

„Nali, ich bin dein liebster Mann? Wieviele liebst du denn?"

„Alle."

„Oh, da würde ich aber vorsichtig sein. Auf der Erde sind auch nicht alle so wunderbar. Da gibt es auch große Idioten."

„Weiß ich nicht, ich habe noch keinen solchen kennengelernt. Aber du hast natürlich recht. So wie es auf meiner Welt auch liebe und unausstehliche männliche Wesen gibt."

Sie begann zu singen:

Es war ein Mädchen,
Es war ein Mann.
Er hing am Fädchen,
Das Mädchen spann.

Mädchen, liebes Mädchen mein,
Ich möcht frei wie früher sein!

Ach du mein Liebster,
Lacht da das Mädchen,
Ich spinne weiter,
Du hängst am Fädchen.

„Nali, woher hast du das hübsche Lied ?"

„Es ist ein Liedchen aus meiner Heimat."

„Wir haben auch solche einfachen Volksweisen, besonders auf einem anderen Kontinent, in Deutschland. Sie wurden in alter Zeit von den Hausmädchen gesungen, die sehr bescheiden und abhängig leben mußten. Und wenn sie einen Geliebten hatten, drückten sie in den Liedern, die sie bei der Hausarbeit sangen, ihre Sehnsucht aus. Aber auch Leid und Tod gibt es in diesen Liedern. Durch immer neue Kriege und Seuchen war die Sterblichkeit hoch und der Tod dem Volk ein vertrauter Begleiter. Oh! Wo bin ich hingeraten? Solche traurigen Dinge wollte ich nicht erzählen. Also, was anderes: Welche Gestalt hast du eigentlich?"

„Was?"

„Ich meine, ihr müßt doch irgendein Grundmuster haben, eine Normalgestalt sozusagen."

„Nein, wir haben keine mehr. In den letzten hundert Millionen Sonnentagen haben wir jede Grundgestalt eingebüßt. Wir fühlen uns durchaus wohl damit. Innerlich sind wir immer dieselben, und wenn wir jemandem besonders gefallen wollen, nehmen wir seine Gestalt an."

„Nun, bei mir wohl nicht ganz."

„Aber Wardy." Sie schien tatsächlich etwas verlegen. „ – Du bist ein..." sie dachte einen Moment nach, dann kam es aus dem Gerät: „Kleinigkeitskrämer." Das war so komisch, daß Edward sich erstmal in einen Sessel fallen ließ, die Hände auf die Knie klatschte und lachte. Nali stimmte ein, eilte zu ihm hin und ließ sich auf seinen Schoß fallen.

„Hör mal, du kleiner Wardy, wenn ich nicht genauso aussehe wie du, so hat das einen ganz bestimmten Grund. Wenn du vielleicht ein wenig dumm bist und es nicht raten kannst, muß ich es dir ein bißchen erklären. Es hängt damit zusammen – ach nein, ich finde, du mußt nicht gleich alles erfahren, Männer müssen nicht immer alles so genau wissen, vor allem nicht so schnell. Heute nacht erzähle ich es dir!"

„Heute nacht? Da schwimmst du auf dem Wasser."

„Das denkst du. Ich mag dich ja sehr gern anschauen, weißt du, aber..." Sie unterbrach sich, indem sie ihren noch feuchten Mund auf seinen drückte. Sie schmeckte salzig, nach Zahnpasta und merkwürdigerweise nach Lakritzen. Wo hatte sie die denn gefunden? Außerdem duftete sie schwach und blumig, etwa wie Phlox, dachte Ward. War das ihr eigener Duft? Edward schloß die Augen und ließ ihre Aura auf sich wirken. Eine herrliche Glücksempfindung erfüllte ihn, und er schlang die Arme um ihren feuchten, warmen Körper. Heute nacht? Wie weit war sie ein menschliches Wesen geworden?

Schnell scheuchte er die dummen Gedanken fort, sie paßten nicht zu diesem Augenblick. Sein Glück war unbefangen und unbeschwert von den Dingen, die ihn sonst beschäftigten. Er hatte erfahren, was Liebe bedeuten konnte. Heute nacht! Dies machte ihn nicht unruhig. Ihn rührte ihr Vertrauen, ihre Liebe überwältigte ihn.

Eine ganze Zeit hielten sie sich umschlungen, streichelten sich, küßten sich, bis sich mit einem Male zwei Pfoten zwischen sie schoben. Es war Arthur, der hatte sich aufgerichtet und machte Anstalten, Edwards Gesicht abzulecken.

„Siehst du," meinte Nali, „er will sich mit dir vertragen."

„Nein," antwortete Edward, „daran denkt er gar nicht. Er ist eifersüchtig, und zwar auf dich!"

15

Edward ging zum Visifon und stellte eine Verbindung her.

„International Federation of Extraterristic Nations Humanity Creature Service Corporations!"

„Nanu, haben Sie Ihren Namen geändert?" fragte Edward.

„Nein, warum? Ich hieß schon immer Hawthorne."

„Ich meine Ihre Gesellschaft, Mr. Hawthorne."

„Ach die! Ja, auf Verlangen der Regierung. Das Wort „animals" ist nicht mehr zulässig. Der Kurzname ist jetzt FENHUMS."

„Richtig, Mr. Hawthorne, sehr richtig. Ist Webster da? Ich bin Jones."

„Augenblick."

„Hallo, Ed!"

„Wie geht's, Johnny?"

„Bin zufrieden. Was macht deine Schöne?"

„Außer Schönsein macht sie sehr hübsche Sachen. Im Augenblick lernt sie amerikanisch."

„Donnerwetter! Und was lernst du von ihr?"

„Kein weganisch. Das würde ich wohl nie kapieren. Ja, was lerne ich so? Zum Beispiel, was es für wundervolle Wesen gibt auf anderen Welten."

„Vorsicht, Vorsicht. Woanders gibt's das gleiche wie hier: wunderbare und schreckliche, schöne und häßliche, kluge und dumme – du hast eben Glück gehabt."

„Da freue ich mich doppelt. Sie ist einzigartig lieb und schön, seelenvoll, sanft, vertraut..."

„Hahaha, du bist verknallt!"

„Verliebt, Mensch, falls du den Unterschied kennst."

„Jaja, schon gut. Ich wollte dich nicht verletzen, Eddie, bestimmt nicht. Ich war schließlich nicht dabei, habe auch noch nie sowas gehört."

„Tatsächlich? Merkwürdig. Du müßtest sie mal sehen."

„Brauche ich gar nicht, mein Lieber, ich glaube dir auch so. Ich will dir das mal erklären: Als sie aufwachte, so nennen wir das Sichöffnen, sah sie dich, und du mußt ihr gefallen haben. Nun kommt's: Dein Anblick, fühl dich geschmeichelt, hat sie veranlaßt, die im Prinzip bereits eingeübte Entwicklung so zu modifizieren, daß ein recht nettes Weib herausgekommen sein muß. Du scheinst ja kein Kind von Traurigkeit zu sein, also warst du gleich Feuer und Flamme. Und nun noch verliebt – da bleibt wirklich kein Auge trocken."

„Johnny, sie ist wirklich eine Schönheit, ganz objektiv, nüchtern betrachtet, – aber du hast mitunter eine Art, etwas zu beschreiben..."

„Du und nüchtern! Aber ich bin nun mal wissenschaftlicher Mitarbeiter, da sieht man eben etwas klarer."

„Ich will nicht klar sehen! Aber entschuldige, wir meinen wohl eigentlich dasselbe, es kommt eben nur anders heraus. Hattest du schon Mittagspause?"

„Geht gleich los. Ich esse immer im Pinky Duck. Hast du Lust hinzukommen?"

„Furchtbar gerne. Erst muß ich sehen, ob Nali..."

„Wer?"

„– ob Mrs. Aquanali schon etwas gegessen hat. Sagen wir: um eins? Eine Stunde könnte ich vielleicht weg."

„Ist gebont. Laß deinen Liebling nicht so lange allein. Wirklich, das ist ehrlich gemeint."

Nali, die mit dem Sprachcomputer beschäftigt war, blickte kaum auf, als Edward hereinkam.

„Du, ich gehe zwei Stunden weg", er zeigte zwei Finger und wies auf die Uhr.

„Zwei Stunden, o.k. Boß", sagte sie auf amerikanisch.

„Ich bin also hier der Boß", lachte Edward, „ das überlege dir lieber noch mal. Sonst mache ich mit dir, was ich will!"

„Heute nacht", sagte Nali übergangslos.

Sie war von erfrischender Unbekümmertheit, fand Edward. Dafür liebte er sie um so mehr, wenn das noch möglich war.

Sie wandte sich ihm mit einer halben Drehung zu:

„Was willst du denn machen?"

„Ich, äh, na, was man so macht", stotterte Edward.

„Dummer Liebling. Wo du jetzt hin willst, wollte ich fragen."

„Ach so, ja, zu Webster, John Webster."

Ihm fiel ein, daß Nali natürlich keinen Schimmer hatte, wer John Webster sein mochte.

„Webster ist bei einem Institut für außerirdische Intelligenzen."

„Falle ich darunter?"

„Nali, du machst Spaß. In Wirklichkeit bist du vielleicht intelligenter als ich."

Bestimmt, dachte Nali, aber warum soll ich das dem geliebten Wardy auf die Haut kleben, oder wie immer man sich hier ausdrückte. Wahre Liebe hat immer auch etwas Kindliches, soweit die Umstände es erlauben, wußte sie.

„Was willst du denn von dem, Wardy? Ich weiß, er soll dir etwas über unser Volk und vielleicht sogar über unsere Körper erzählen. Du bist durchschaut, Edward – wie heißt du noch weiter – Jones. Jetzt habe ich dich, du willst Daten über mich sammeln, in meine Intimsphäre eindringen..."

„Jetzt doch nicht, Liebste, hast du nicht selber von heute nacht gesprochen?" scherzte Edward, der sich ertappt fühlte.

„Du Schlimmer, jetzt verstehst du mich mit Absicht falsch. Aber gehe ruhig, ich habe dir leider schon mal gesagt, daß ich vor dir keine Geheimnisse habe. Zu dumm, sehr unvorsichtig von mir." Sie strich mit den Fingerspitzen durch sein dunkelblondes Haar. „Ich kann das aber verstehen. Ich finde euch auch furchtbar interessant."

„Wenn ich zurückkomme, möchte ich noch zwei Stunden schlafen", setzte er hinzu.

„Allein?"

„Nali, du hast dich nicht nur körperlich entwickelt, wie mir scheint."

„Ich kann verstehen, daß du noch schlafen mußt."

„Wieso?"

„So ist es eben. Besonders, wenn man sich nachts herumtreibt."

„Aber Nali, Liebling!"

„Erzähl mir nichts. Wir haben auch Männer auf unserer Welt, massenhaft sogar, eigentlich viel zu viele, obgleich ich gegen ein paar Männer absolut nichts habe. Darüber wollen wir ja reden auf dem Kongreß, was zu tun ist, wenn bestimmte Wesen, die uns einzeln sehr erfreuen und genau wissen, daß man sie braucht, in Massen auftreten. Ach, Wardy, ich finde es so schön, daß du nicht in Massen auftrittst."

Edward wußte nicht recht, was er mit dieser Rede anfangen sollte, und schwieg erstmal. Nali veralberte ihn, sie nahm ihn hoch.

„He du", fing er an, „veralbern kann ich mich selber. Du..."

Weitere Worte gingen unter in einer Art Überfall, den Nali machte.

Jedenfalls war ihm der Mund versperrt, die Sicht genommen, und mit den Händen wußte er auch nichts anzufangen, bis sie auf ihrer kleinen, gut ausgebildeten Brust einen Halt fanden.

16

Webster saß bereits im Pinky Duck, ein Glas Bier vor sich, als Edward Jones hereinkam.

„Bist du Johnny Webster?"

„Klar, Mann. Setz dich her. Du konntest also weg?"

„Ja, sie lernt die Landessprache. Oder ist schon fertig damit. Sie langweilt sich bestimmt nicht, sicher wird sie nachher fernsehen."

„Sehr nützlich, das mit der Sprache. Dir gefällt dein Hausweib also?"

„Ja, leider ist sie das ja nicht auf Dauer. Ich muß sehen, daß ich sie später nicht aus den Augen verliere. Du glaubst nicht, wie vertraut wir schon geworden sind." Edward blickte versonnen auf den Spielautomaten, den er gar nicht wahrnahm.

„Erstaunlich, erstaunlich. So etwas habe ich noch nie gehört. Höchst interessant. Ich hätte sie doch gern mal gesehen, obgleich ich die Ausprägung, wenn die Wesen hier als Gast auftreten, sehr genau kenne. Damit kenne ich deine Freundin aber noch nicht; Vertreter fremder Rassen scheinen sich für uns zunächst immer zu ähneln, erst bei näherer Berührung erkennen wir mit einem Mal die Schönheit einzelner Vertreter – oder Vertreterinnen."

„Ich war gleich fasziniert. Vielleicht, weil wir ungestört waren; ihre Entwicklung vor meinen Augen bewirkte eine intime Vertrautheit."

„Mensch, das hast du schön gesagt!" Johnny haute ihm auf die Schulter, so daß Edward zusammenzuckte, jäh aus seiner Verträumtheit gerissen.

An diesen Webster mußte er sich noch gewöhnen, eine robuste Type.

Sonst war Edward auch nicht auffallend zart besaitet, aber alles, was mit Nali zusammenhing, hatte ihn merkwürdig sensibel werden lassen.

Sie wollten sich ja über die Rasse im allgemeinen unterhalten, fiel ihm ein. Ja, wollte er das eigentlich? Sein Wissensdrang ebbte merklich ab. Er bestellte sich ebenfalls ein Bier.

Aber Webster erwies sich unvermutet als rücksichtsvoll. Er schien sogar über Jones' Zustand nachzudenken:

„Von deiner Freundin soll eigentlich gar nicht die Rede sein. Irgendwann würdest du mich ja auch mal fragen, wie es meiner Frau geht.

Wir sind hier, weil wir uns über eine fremde Rasse unterhalten wollen, die höchst interessant ist. Hast du dich mal gefragt, wie sie ihre Metamorphose überhaupt hinkriegen?"

„Das versuche ich gar nicht erst. Wie soll ich mir ein solches Wunder erklären?"

„Wunder gibt's nicht, außer, daß es einen Kosmos gibt, in dem sogar die Steine leben, nach Plan, physikalisch gesehen. Und hier erhältst du ein Beispiel dafür, daß etwas Unerklärbares erklärt werden kann, sofern man natürlich einen Erklärer hat, wie zum Beispiel hier John Webster." Er setzte sich gerade hin, legte die

Handflächen auf den Tisch und sah Jones mit hochgezogenen Augenbrauen an, den Mund geöffnet.

Jones grinste. Webster schien ein originelles Exemplar zu sein.

Nun beugte er sich vor, sah Edward durchbohrend und geheimnisvoll an und sagte halblaut:

„Sie haben ein pneumatisches System!"

Edward konnte nicht viel damit anfangen, aber sein Interesse war geweckt. Bei Webster mußte er konkret werden:

„Also, Johnny, nun schieß mal los, möglichst in wohlgesetzten Worten, wie es sich für einen Wissenschaftler gehört. Oder soll ich dir erst einen weißen Kittel holen? Ich muß sagen, bei meinem ersten Anruf bei dir hatte ich einen seriösen Eindruck. Gleich ist deine Mittagspause halb herum!" erschreckte er ihn.

Der sah bekümmert auf seine Uhr.

„Wahr, wahr. Die Zeit eilt so rasch von dannen. Paß auf..."

Er sah auf, plötzlich scharf blickend und sachlich wirkend.

Ein Chamäleon, dachte Jones.

„Mein lieber Edward", fing er nun tatsächlich an, „die Sache ist so..." Nun blickte er erst mal vor sich hin und senkte die buschigen Brauen über der scharfen Gelehrtennase. Dann fuhr er fort:

„Mit ihrer Fähigkeit der Entwicklung – das Wort haben wir ja nun schon mehrmals gehört – sind sie einmalig im Universum, sagt man. Aber wer weiß das schon so genau. Wir haben zum Beispiel ein Herz."

„Ja, sicher."

„Sie haben zwei. Im Grunde ist das Prinzip, das ich dir erklären will, nicht so unbegreiflich. Die Grundlage ist die pneumatische Stabilisierung. Ihre Herzen haben das halbe Volumen der unsrigen. Das eine davon ist in unserem Sinne als herkömmlich zu betrachten, für den Blutkreislauf zuständig. Allerdings haben sie entsprechend weniger Blut und einen geringeren Querschnitt der Gefäße, logischerweise. Daraus sind einige Schlüsse zu ziehen: Kraft und Ausdauer sind nicht so groß, die Körpertemperatur kann rasch absinken, und natürlich sind sie körperlich leicht, was bei ihrer geringeren Kraft auch so sein muß. Dies ergibt sich aber auch aus dem zweiten System, zu dem ich jetzt komme.

Es ist, wie gesagt, ein pneumatisches. Verflochten in das Kreislaufsystem ist ein Netzwerk von hochfesten Röhren, gefüllt mit Luft, die vom zweiten Pumpsystem im Bedarfsfall unter erheblichen Druck gebracht werden kann. Das führt dann zu der Stabilisierung, die die Funktion eines Knochengerüstes ersetzt."

„Das ist wunderbar. Auch die rätselhaftesten Erscheinungen werden begreifbar, wenn man sie richtig erklärt bekommt."

„Das sagte ich ja. Sie sind also bei weitem nicht so hart, stark und stabil wie Menschen. Natürlich sind sie Kinder ihres Planeten, wo all das, was wir als Schwächen ansehen würden, nicht zum Zuge kommt. Die Sonnen von Wega – ein Doppelsonnensystem – begünstigen den Planeten mit viel Licht und gleichmäßiger Wärme, die Schwerkraft ist nicht so hoch. Wir müssen bedenken, daß sie annähernd das Volumen von uns Menschen haben bei geringerem Metabolismus, sie brauchen also günstige Bedingungen."

„Ja, aber wie machen sie es denn nun mit dieser ‚Entwicklung'?"

„Das, mein Lieber, können wir aus bereits Gesagtem ableiten. Das zweite System gestaltet sich infolge unbegrenzter Druckverteilungsmöglichkeiten so flexibel, daß jede nur annähernd denkbare Körperausbildung erzielt werden kann. Das müssen sie selbstverständlich lernen, so wie ein Kind das Gehen lernt. Sie sind eine sehr alte Rasse. Diese Flexibilität, über Jahrmillionen verfeinert, hat ihnen immer wieder das Überleben ermöglicht.

Wenn sie sich zusammenfalten oder die sphärische Grundform annehmen, geht natürlich ein Teil der Luft raus; man hört ein leises Pfeifen oder Quietschen, wenn sie sich schnell verändern. In Ruheform haben sie jedoch einen guten Luftvorrat in der Herzkammer, der unter Umständen ein recht langes Verharren in diesem Zustand erlaubt."

„Eine Überlebensstrategie."

„Ja, da sind sie Künstler."

„Wozu brauchen sie die äußere Feuchtigkeit?"

„Das ist klar, es hängt alles zusammen. Bei weniger Körperflüssigkeit nähert sich die Transpiration der des Menschen, oder besser, der des Erdenmenschen, an, bei entsprechendem Volumen.

Ach was, das reicht nun aber. Tatsächlich sind sie ganz wunderbare, schöne Wesen, egal in welcher Gestalt, ich bin jedenfalls ein großer Bewunderer ihrer vielfältigen Erscheinung."

Webster zeigte sich wieder von einer ganz anderen Seite.

„Mensch!" rief er jetzt unvermittelt, und seine flache Hand landete auf dem Tisch, so daß Jones wieder zusammenfuhr.

„Ich muß los! Schließlich hat man Verpflichtungen, zum Beispiel, wenn so einer anruft wie du, der wissen will, wie die Anatomie seiner Liebsten funktioniert."

Jones fixierte ihn stumm, fing dann aber doch an zu grinsen, und sie schieden voneinander mit großen Freundschaftsbeteuerungen und Schulterklopfen.

17

Nali duschte mal wieder. Sie machte Edward Zeichen, daß sie fertig sei, und er stellte das Wasser ab und holte ein Badetuch, um sich seiner Lieblingsbeschäftigung hinzugeben. Als sie einigermaßen trocken war, trug er sie erstmal übermütig in der Wohnung umher, was keiner großen Anstrengung bedurfte.

„Du wolltest doch jetzt schlafen, Mensch Edward."

„Ja, stimmt. ,Mensch Edward' ist übrigens nicht so gut ausgedrückt, es hört sich wie ein Tadel an."

„Mitunter seid ihr merkwürdige Leute. Ich finde die Menschen gar nicht so übel."

„Das kann man nur linguistisch behandeln. Es gibt eben harmlose Redewendungen, die nun mal blöde aufgefaßt werden. Was machst du?"

„Ich fühle mich recht menschlich, oder sagt man das auch nicht? Deine Ausstattung ist ganz gut, ich meine die Wohnung hier. Durchaus nicht langweilig. Ich bleibe noch."

„Klar, mußt du auch. Ich habe dem Hotel nämlich gesagt, du kommst erst morgen abend."

„Ach was? Mir ganz neu. Guter Gedanke von dir, Chef!" Sie fiel ihm um den Hals:

„Oh, Wardy, in Wirklichkeit habe ich schon immer die Stunden, die ihr auf euren Uhren habt, gezählt. Das ist ja wunderbar, ich hatte mir das schon ausgerechnet. Man braucht mich erst übermorgen."

„Das weiß ich, deshalb habe ich die Zeit ja auch so eingerichtet", flunkerte Edward.

Er haute sich hin in dem Bewußtsein, daß Nali derweil gut zurechtkam. Wie hatte sie noch gesagt? Man soll sich nicht aneinanderklammern oder so ähnlich. Dabei konnte er sich solches jetzt gut vorstellen, aber das Schlafbedürfnis überwog dennoch, was schließlich kein Wunder war.

Es war nach vier, als er aufwachte. Er reckte sich, besann sich einen Moment und ging dann gähnend zum Visifon, um das Hotel Intercosmic anzurufen.

„Vermittlung, Milesstone."

„Señora Lopez de Toledo bitte!"

„ Ich verbinde mit Mr. Fletcher."

„Nein, hören Sie, oder hören Sie nicht gut: Ich will keinesfalls Mister Fletcher sprechen. Dauernd der Ärger mit diesem Hotel. Ich bin bekannt mit Señora Lopez..."

„Das ist etwas anderes. Ich werde sehen..."

„Sie sollen nicht sehen, verdammt noch mal." Jones wurde grantig.

„Sie stellen jetzt sofort die Direktverbindung her. Wenn Sie mir jetzt weitere Meilensteine in den Weg legen, Mister Milesstone, dann rauscht es im Karton!"

„Wie war noch der Name?"

„Jones, verflucht noch mal, J o n e s ! Das gibt eine Beschwerde."

„Ach so, Mister J o n e s ,, äffte der andere ihn nach, was ihn noch wütender machte. Klar, die wußten Bescheid. Unverschämtes Pack. Aber wie auch immer, dies war sicher der letzte Anruf, der in dieser Richtung zu tätigen war.

Juanita meldete sich alsbald.

„Oh, Edward Jones, welch Glanz auf meinem Bildschirm!"

„Ja, ich bin`s. Juanita, ich habe noch viel an unseren Abend gedacht, es war wunderschön!"

„Ach Edward, du warst mir – du bist mir der Liebste von allen; wenn ich mal eine kleine Pause hatte, habe ich sofort an dich gedacht. Was machst du?"

„Etwas Schlaf mußte ich schon noch nachholen. Inzwischen hatte ich aber ein Treffen mit John Webster."

„Ach, der von EXHUMES, oder wie die jetzt heißen. Moment bitte!

– Ja, Toledo. Nein, das machen Sie nicht!!" Anscheinend ein Nebengespräch.

„Hören Sie, wenn meine Anordnungen nicht Punkt für Punkt ausgeführt werden, werde ich disziplinarische Maßnahmen ergreifen. Der Schlendrian hört mir auf. Und dann bitte ich mir aus, daß die Arbeitszeiten besser eingehalten werden. Ich möchte mal wissen, was die Leute nachts treiben, wenn sie ihren Frühdienst nicht pünktlich antreten können. Ist jetzt alles vorbereitet für den morgigen Kongreß? Welche Raumtemperatur haben Sie vorgesehen? Gut, dreißig Grad dürften angemessen sein. Überprüfen Sie nochmals die Sprechanlage. Gehen Sie meine Liste noch einmal durch. Besonders ist auf die Sitzgelegenheiten zu achten, so daß wirklich für alle Körperausbildungen geeignetes Mobiliar zur Verfügung steht. Ich erwarte heute abend nochmals Ihren Bericht."

Donnerwetter, wer das wohl war, überlegte Edward. vielleicht dieser dämliche Milesstone? Hoffentlich.

„Was sagte denn Webster?" wandte sie sich übergangslos wieder an ihn.

„Ach, der hat mir ein bißchen was erklärt von den Weganern."

„Ja, dieses Volk. Sie sind uns doch sehr fremd. Auch wenn sie unsere Gestalt annehmen, bleiben sie doch, was sie sind: eine ferne, ferne, fremde Rasse. Man kann bestimmt nicht mit ihnen warm werden. Hast du es auch so empfunden? Es gibt Völker, die uns Menschen viel näher sind, im doppelten Sinne, trotzdem habe ich sie gern als Gäste: Sie sind sauber, ordentlich, höflich, und bei aller Andersartigkeit gibt es zumindest auf politischer Ebene nie Schwierigkeiten. Hoffentlich hattest du auch keine!"

„Ich? O nein, wir haben uns gut aufeinander abgestimmt. Sicher, die Fremdheit ist nicht zu übersehen, aber ich halte es mit der altenglischen Gastfreundschaft, da übersieht man schon mal dieses und jenes."

Juana schien recht befriedigt von seinen Ausführungen, jedenfalls war etwas zurückgekehrt von der Wärme – eher eigentlich Hitze –, die sie gestern für ihn ausgestrahlt hatte. Sie nahm auch gleich den Faden wieder auf:

„Ich freue mich für dich, Edward, daß du deine schwierige Aufgabe so gut meisterst. Ich werde nicht vergessen, gelegentlich gegenüber deiner Firma darauf hinzuweisen. Wer ist da?!"

Wieder ein durchgestelltes Gespräch.

„Mister Fletcher, das geht auf gar keinen Fall. Wir können kein unausgebildetes Personal da reinschicken.– Das ist mir bekannt, Mr. Fletcher, ich hätte auch gerne Urlaub. Dann muß am Buffet eben eine Sonderschicht eingelegt werden. Krankheits- und Urlaubsvertretungen sind nun einmal Bestandteil des Arbeitsvertrages. Kommt Milesstone zurecht? – Ja, er hat mir Bericht erstattet. Ich habe ihm gesagt, er soll meine Liste noch einmal genau durchchecken. Achten Sie auf ihn, der Mann ist noch zu neu hier."

„Eine kesse Lippe hat der", sagte Edward trocken, als sich Juana wieder ihm zugewandt hatte.

Sie zog die Augenbrauen hoch.

„Ganz konkret gesagt, die Privatangelegenheiten seiner Direktorin scheinen nicht uninteressant für euren Neuen zu sein."

Ihre Augen flammten auf, und leichte Röte überzog ihre Wangen.

„Ich habe verstanden. Das genügt, Edward."

„Ja, das genügt. Es ist auch sonst nicht meine Art, Angehörige des Personals bloßzustellen." Ihm kam ein plötzlicher Einfall.

„Sag mal, Juanita, wer alles hat Zutritt zu dem Kongreß?"

„ ,Wer alles' ist nicht richtig gefragt. Niemand!"

„Ich möchte hinein", sagte Edward und faßte sie fest ins Auge.

„Weißt du, was das bedeuten würde, Edward? Auch ich muß auf meine Position und mein Ansehen achten!" Sie schien aber jetzt konzentriert nachzudenken. Dann erschien ein Lächeln auf ihrem Gesicht.

„Mir fällt ein, daß ich dir noch ein kleines Geschenk machen wollte. Nun mache ich dir ein großes!

Wir müssen nur noch überlegen, als was du den Saal betreten wirst. Da wird mir noch was einfallen. Wer kennt dich persönlich im Hotel?"

„Mich hat nur einer gesehen, und zwar der Portier, der gestern abend Dienst hatte."

„Der hat morgen auch Urlaub. Mein Gott, alles hat Urlaub. Aber in diesem Fall trifft es sich gut. Ist in Ordnung, Edward, ich denke mir inzwischen etwas aus.

Ich glaube, wir beide könnten doch ein ganz gutes Gespann abgeben. Wir sollten in Verbindung bleiben."

Irgendwie schien es in seinem Sinne zu laufen. Inzwischen war ihm klargeworden, daß eine solche Verbindung, auf rein freundschaftlicher Basis, keinesfalls unvorteilhaft war.

Rein freundschaftlich? Gab es das? Eine alte Frage. Jedenfalls war etwas anderes nicht vorstellbar, darüber war er sich schon vor der letzten und einmaligen Nacht klargewesen.

Damit unterlag Edward zwar einer gewissen Selbsttäuschung, was die Zeit nach Nali betraf, aber schließlich verhielt er sich nur wie alle verliebten Männer dieser Welt. –

Juana bedachte ihn mit einem wirklich sehr liebenswürdigen Lächeln und schaltete ab.

Edward blieb noch vor dem Gerät sitzen, um seine Gedanken zu ordnen. Die Bekanntschaft mit Juana hatte eine überraschende Wendung genommen. Er wurde nicht abgelegt wie ein Strauß Blumen, einer Diva überreicht, sondern hier schien sich ein recht gutes Verhältnis zu entwickeln. Er fing eigentlich erst an, sie kennenzulernen, und sie imponierte ihm nicht nur, sondern begann, ihn durch ihre Persönlichkeit zu überzeugen. Was wollte er denn mehr? Nach dieser Zeit kam nun mal eine andere, und Edward Jones hatte gute gesellschaftliche Verbindungen noch nie mißachtet.

Nun kam ihm doch der Gedanke dazwischen, daß er schließlich ein Mann sei, und es könnte sich ja mal wieder eine Situation – o nein, weg damit! Edward erhob sich, das heißt, er versuchte es, jedoch hatten sich zwei kleine Hände über seine Augen gelegt, so daß er sich in seinen Sitz zurückfallen ließ.

„Nali, wie kannst du mich so erschrecken?"

„Man erschrickt nur, wenn man mit seinen Gedanken woanders ist. Vielleicht bei einer schönen Erdenfrau mit schwarzen Augen."

„Das stimmt. Ich leugne es nicht."

„Das hätte auch keinen Zweck, wenn sie uns so sexy vom Bildschirm anweht."

„Nali, wir waren ganz sachlich, wie du vielleicht bemerkt hast, wenn du schon länger hinter mir stehst. Aha, auf den Teppichboden ist ein schöner, feuchter Fleck!"

„Wardy, du bist doch klüger, als ich dachte. Das meine ich sogar wirklich. Ich muß meine Meinung über dich revidieren."

„Das erfreut mich aber ganz außerordentlich!"

Edward wußte nicht, ob er gekränkt sein sollte. Sie fuhr unbeirrt fort:

„Ward, ich will dich jetzt ausnahmsweise nicht veralbern. Du hast dich, glaube ich, außerordentlich geschickt verhalten. Das steigert meine Liebe nur noch. Wir Weganer brauchen solche Partner. Ich beschließe nunmehr, dich für ewig zu lieben."

Edward lachte. „Nun warst du einmal drei oder vier Sätze lang ernst, und schon ist es wieder vorbei damit. Ich sage dir jetzt auch was: Daß du so bist, dafür liebe ich dich!"

18

Der Versammlungsraum war voll besetzt, als Edward Jones hereinkam. Am Pult referierte eine Dame, die er im ersten Moment für Nali hielt, aber rasch erkannte er seinen Irrtum. Die Frau dort war bei weitem nicht so schön, sie war wohl in ihrer Entwicklung auch nicht weiter motiviert gewesen. Immerhin traten einige Teilnehmerinnen menschenähnlich auf, andere allerdings in teils abenteuerlicher Ausbildung, wie es Jones schien. Vermutlich so, wie es ihnen gerade bequem gewesen war, oder im Hinblick darauf, daß sie sich auch rollend fortbewegen konnten, wenn sie sich etwas einkapselten. Da Jones als einziger Erdenbürger zugelassen war – von den Ordnern abgesehen, die etwas hilflos wirkten –, erregte er einiges Aufsehen, trotz seiner öffentlichen Legitimation. Gestalten wandten sich zu ihm um, Hälse reckten sich, soweit sie dafür ausgebildet waren. Edward zeigte beide gespreizten Hände, das Zeichen für Begrüßung, was akzeptiert wurde. Nun schaltete er seinen Übersetzer ein:

„... können wir von Glück sagen", hörte er die Rednerin mitten im Vortrag, „daß wir wertvolle, unerwartete Informationen infolge des bedauerlichen Mißgeschicks, das unserer geschätzten Vorsitzenden widerfahren ist, erhalten haben. Was für sie ein beschwerliches und gefährliches Abenteuer gewesen ist, hat schließlich dazu geführt, daß unser aller Kenntnisstand erheblich erweitert werden kann. Unsere Dame Aquanali hat mich gebeten, einige Informationen, die sie aus den Tagen ihres Besuches gewonnen hatte, an die Versammlung weiterzugeben. Was sie mir anvertraut hat, ist teils privater Natur, und es würde ihr schwerfallen, über eine persönlich sehr bewegende Zeit hier vor Ihnen zu sprechen. Sie bittet um Ihr Verständnis.

Sie wissen alle, warum wir hier sind. Es darf jedoch nicht übersehen werden, daß auch auf diesem Planeten noch vereinzelt männliche Exemplare vorkommen, die nicht emanzipiert sind und demzufolge überholte Verhaltensmuster zeigen, wie es sie auch hier früher allgemein gegeben hat. Unsere Dame Aquanali hat Glück gehabt."

Die Versammlung begann sich hin und her zu wiegen, das allgemeine Zeichen für Freude. Edward, der sich etwas kundig gemacht hatte, schloß sich dem an und, o Wunder, er bekam freundliche Blicke aus manchen hübschen Augen. Nun erst entdeckte er Nali, da alle zu ihr hingeschaut hatten. Sie sandte ihm einen Blick zu und kniff heimlich ein Auge ein, was auf jener Welt anscheinend dasselbe bedeutete wie hier. Edward mußte lachen, beherrschte sich aber.

„Der Mann von diesem Planeten", fuhr die Rednerin fort, „hat in rührender Weise für sie gesorgt, mit großer Zartheit, Rücksichtnahme und mit großem Verständnis. Unsere Dame Aquanali hat mir anvertraut, was ich aber eigentlich nicht sagen darf, daß sie ein Memorandum über den heutigen Entwicklungsstand der Erdenmenschen plant. Zu diesem Zweck, und das darf ich wohl schon gar nicht verraten (Gelächter), plant sie einen zweiten, ausgedehnten Besuch hier im nächsten Erdensommer." Die Versammlung amüsierte sich anscheinend köstlich, und als sie hinzusetzte: „Privat natürlich", gab es kein Halten mehr, und alles tanzte oder drehte sich im Kreis. Edward errötete vor Freude, was man zum Glück nicht interpretieren konnte, da er ja incognito hier war. Diese forsche Juana hatte ihn einfach als Wissenschaftler, gar als größten Humanexperten des Kontinents eingeführt und so, wenn auch unter großen Schwierigkeiten, seine Zulassung erreicht. Aquanali bewegte mehrmals die Hände vor und zurück, was einen Tadel gegenüber der Vortragenden bedeutete, aber es war wohl nicht so ernst gemeint und wurde von den anderen überhaupt nicht beachtet.

Jones bemerkte mit Erstaunen, mit welchem Humor diese Wesen gesegnet schienen, und es machte ihn neugierig auf ihre Welt, aber erstmal würde Nali wiederkommen! Er konnte sein Glück nicht fassen, daß er sie wirklich wiedersehen sollte. Sie würde zurückkommen! Er war der Glückliche hier, und niemand sonst wußte, daß er es war. Ihn erfüllte das wunderbare Gefühl, das alle Liebenden haben, wenn keiner ihr Geheimnis kennt.

Fast hatte er vergessen, in welcher Eigenschaft er hier war, und rasch beschäftigte er sich mit seinem mitgebrachten Aufnahmegerät. Nun kam die Hauptrednerin ans Pult, und das war Nali. Sie wirkte überaus graziös in dieser Versammlung unterschiedlich ausgebildeter Erscheinungen. Sie trug, wie andere auch, ein Sariartiges, durchscheinendes Gewand, welches Edward zum ersten Mal an ihr sah.

„Liebe Freundinnen", fing sie sofort an, „ich danke meiner Vorrednerin, Dame Silisera, für ihre liebenswürdigen Indiskretionen."

Leises Lachen war wieder zu hören.

„Ich kann sie aber nicht ernsthaft tadeln, weil ich sie erstens, wenn auch nicht so ganz, darum gebeten habe (Lachen), und zweitens, weil es ja doch einmal Bestandteil meiner Veröffentlichung sein wird. Der betreffende Herr (ein winziger, eingekniffener Blick zu Edward) wird es mir hoffentlich gestatten und nicht verübeln."

Edward mußte nun doch lächeln, aber das fiel jetzt nicht weiter auf. Als sie fortfuhr, war er erstaunt über die Sachlichkeit und Konzentration, zu der sie jetzt überging. Akzentuiert und glasklar wirkten ihre Äußerungen, so kam es auch durch seinen Übersetzer.

Sie schilderte zunächst eindringlich – was ja allen bekannt war –, wie rückständig sich die männlichen Mitglieder ihrer Rasse, so alt diese auch war, immer noch verhielten: hochfahrende Ausdrucksweise, Versuche, den Frauen alle anfallenden Arbeiten aufzubürden, Männerclubs, überhaupt arrogantes Verhalten, so als ob der weibliche Teil der Gesellschaft unterentwickelt sei, so als ob die Frauen nicht eigentlich das biologische Grundmodell darstellten, – ja, und daneben immer wieder Überfälle und Vergewaltigungsversuche.

Edward war sehr beeindruckt von ihr. War dies das Wesen, wie er es kennengelernt hatte? Er hatte sie schon nicht unterschätzt in der letzten Zeit, aber nun gewann er großen Respekt.

Ja, Achtung und Liebe, wie er es schon ähnlich empfunden hatte. Er war stolz auf sie, wenn hier auch gerade keine Gelegenheit war, es zu zeigen. Nun kam sie auf die hiesigen Verhältnisse zu sprechen, also auf das, was die Kongreßmitglieder eigentlich bewegte. Sie hatten sich während der wenigen Tage ihres Aufenthaltes auf der Erde soweit wie möglich kundig gemacht. Das Hotel verließen sie aus Sicherheitsgründen nicht, auch um kein Aufsehen zu erregen. Dafür gab es ein exakt ausgearbeitetes Programm, das zum Glück auch während der (mehr oder weniger) unfreiwilligen Abwesenheit ihrer Delegationsleiterin über die Bühne gegangen war. Namhafte Soziologen des Gastlandes hatten Referate gehalten über die hier längst verwirklichte und anerkannte Gleichwertigkeit der Geschlechter. Die Redner waren leider, und das hatte die Verständigung etwas erschwert, mit etwas rückständigen Übersetzern ausgerüstet gewesen.

Die Delegierten hatten sich ferner darauf verständigt, sich der zur Verfügung stehenden visuellen Medien zu bedienen; mit der Sprachverständigung haperte es indessen auch hier. Weganische Übersetzer waren nicht gerade auf eine bestimmte Sprache des dritten Planeten der Konstellation mit Namen „Sonnensystem" programmiert. Das würde sich ändern, nachdem sich die dortigen Bewohner als eine recht interessante Spezies erwiesen hatten. Immerhin konnten die intelligenten Besucherinnen den Filmproduktionen eine Menge verwertbare Informationen entnehmen. Erheiterung und auch Sprachlosigkeit erregten allerdings Filme aus dem XX. Jahrhundert des Planeten . Das darin erkennbare Verhalten beider Seiten wirkte geradezu grotesk, aber das war ja Vergangenheit, sonst wäre frau nicht hier. Indessen würden die Kongreßteilnehmerinnen nicht alles ungeprüft übernehmen. Sie wollten am Tag vor der Abreise noch eine Sondersitzung abhalten über das Thema „Sind auf der Erde Entwicklungen zu erkennen in Richtung einer *Umkehrung* der früheren Verhältnisse?" Beobachtungen im Hotel hatten jedenfalls den Eindruck aufkommen lassen, daß sich nunmehr ein Matriarchat aufbaute. Alles in allem würden sie mit dem hiesigen Arbeitsaufenthalt zufrieden sein können. Manches deutete auf einen reichen Informationsgewinn hin.—

19

Zurück in Edwards Wohnung, genossen sie ihren ersten wirklich ruhigen Tag. Bald mußten sie Abschied nehmen. Edward gestand sich ein, daß die Trennung über seine Kräfte gegangen wäre, wenn es nicht die

Hoffnung auf ein Wiedersehen gäbe. Auch so verspürte er mitunter ein eigenartiges Ziehen in der Magengegend, das aber immer wieder schnell verging angesichts Nalis heiterer und optimistischer Art.

Er schrieb einen Bericht für Hufenbach und bereitete ein Referat für die Firma vor. Mit einem Mal hörte er leises, helles Singen von nebenan. Er unterbrach seine Arbeit und begab sich in die Nähe der Tür, hinter der sich Nali aufhielt. Was er hörte, erschien ihm überaus lieblich, aber verstehen konnte er es nicht.

Edward wartete, bis sie endete, und machte sich dann bemerkbar. Nali öffnete und, wie so oft, umfing sie ihn mit sanfter Umarmung. „Was singst du?" fragte er. „Das ist auch ein Lied von meiner Heimat. Soll ich es dir singen? Warte." Sie beschäftigte sich mit dem Phonolexikon.

„Paß auf, jetzt singe ich es in deiner Sprache."

Edward setzte sich, und sie sang, anmutig sich wiegend:

Welt der Sonnen, die wir lieben,
Hat mich heut vereint mit dir.
Unsren Wonnen, unsren Trieben
Schenkt sie alles, dir und mir.
Wegasonnen, laßt uns leben,
Laßt uns lieben allezeit.
Unsrer Herzen holdes Streben
Führt uns in die Seligkeit.
Hügel, Täler, Doppelsonne,
Flüsse spiegeln Firmament.
Welch ein Leben, welche Wonne,
Die man nur auf Sira kennt.
Was ich fühle, was ich sehe –
Komm, Geliebter, gib mir Nähe.

Unser Reigen, Gottes Liebe,
Nur wir beiden, holder Friede.

Ferne Welten wir erwandern
Zu den Freunden, zu den andern.
Keine Trennung ist zu weit,
Ich bin dein für alle Zeit!

Nali setzte sich zu ihm und lehnte ihren Kopf an seine Brust. Die Sehnsucht hatte sie überwältigt nach den Sternen ihrer Heimat. Sie hielten sich eng umschlungen, da sagte sie mit einem Mal:

„Heute nacht." Edward küßte sie zart.

„Unser Abschied", flüsterte sie. „Morgen gegen Mittag mußt du mich zurückbringen ins Hotel. Aber sei nicht traurig!" Sie richtete sich auf. „Das soll es bei uns nicht geben, nicht wahr?"

„Versprochen, Nali", versetzte Edward. Sie hatte ja recht. Trotzdem hatte er wieder dieses Ziehen in der Magengrube, aber das sagte er ihr nicht. –

Die Nacht war dunkel, das Zimmer schwach erhellt von einer verborgenen Lichtquelle. Es schien kein Mond.

„Habt ihr einen Mond?" fragte Edward Nali, die warm und feucht neben ihm lag.

„Einen Mond? Vier Stück haben wir." Sie küßte ihn viermal:

„Bei uns wimmelt es von Sonnen und Monden, es ist sehr unterhaltsam und nicht so wohlgeordnet wie bei euch. Wir wollen auch nicht wohlgeordnet sein!" Sie glitt noch näher zu ihm. Er spürte ihren zarten Duft und empfand ein großes Glücksgefühl, diesen lieblichen Körper zu umfangen. Sie schmiegte ihre Wange an die seine, und im Dämmerlicht des Raumes waren sie vereint in Glück und Harmonie. – –

20

Silbern ragte das Raumschiff in den Himmel, bereit, Lebewesen aufzunehmen und durch lebensfeindliche, gnadenlose und unendliche Räume zu anderen Sonnensystemen zu tragen.

Noch stand die Sonne hoch am Firmament; auf dem Raumflughafen herrschte reges Treiben. Ein kalter Wind erhob sich und trieb einzelne Blätter vor sich her. Die Menschen frösteltetn und schlugen ihre Kragen hoch. Kleine Staubwirbel bildeten sich und trieben über das Feld. Es war der erste herbstliche Tag. Dampfwolken traten aus den Düsen des Raumschiffes und zeigten an, daß sich bereits flüssige Gase in den Tanks befanden.

Der fahrbare Steg mit dem Aufzug hatte angedockt, und Jones stand nicht weit davon entfernt. Durch Unterstützung seiner Firma war er zu diesem exklusiven Platz gekommen, was eine Auszeichnung für ihn darstellte.

Am weit hinter ihm liegenden Abfertigungsgebäude entstand Bewegung. Ein großes Transportfahrzeug nahm Fahrt auf in Richtung Start-Areal.

Jones klopfte das Herz vor Erwartung, standen ihm doch nun das Wiedersehen und dann der Abschied bevor. Das Fahrzeug kam vor ihm zum Stehen. Türen öffneten sich, flache Rampen wurden angelegt, und nun kamen die Siranerinnen in der ihnen eigenen Bewegungsart hervor, bestrebt, in die Wärme ihrer Kabinen und schließlich nach unvorstellbarer Reise durch die Raumzeittunnel des Hyperraumes zu ihrer wärmeren Welt zu kommen.

Wer von ihnen war Nali? Edward ließ schon die Hoffnung sinken, sie herauszufinden, als sie als Letzte erschien – in ihrer menschlichen Gestalt! In ihrer so anmutigen Art kam sie auf ihn zu und trug sogar das pinkfarbige Gewand, das er ihr verehrt hatte, ihm zuliebe. Die umstehenden Honoratioren mußten sie für die Königin der Truppe halten. Ihre Begleiterinnen hatten sich bestimmt sehr gewundert, aber Aquanalis Liebesgeschichte war natürlich längst schon Gesprächsthema gewesen.

Lächelnd trat sie vor ihn hin, und ihm stand vor Augen: So würde er sie einst wiedersehen.

„Nali!"

Sie legte den Kopf an seine Brust.

„Nali, wir sehen uns wieder, auf meiner oder auf deiner Welt."

„O Wardy, das werden wir."

„Das ist ein Versprechen."

„Ein Versprechen."

„Ich liebe dich."

„Wir lieben uns für alle Zeiten."

„Geh schnell, Nali", überwand sich Edward. „Es ist kalt."

„O Wardy, du sorgst dich um mich. Immer hast du für mich gesorgt. Ich danke dir."

Ein schneller Kuß von ihr, und schon hatte sie sich umgedreht, um sich dem Zug ihrer Schwestern anzuschließen. Ein letztes Winken vom Einstieg, und schon schloß sich die Tür endgültig hinter ihr.

Er stand noch lange auf dem Platz, rührte sich nicht und fror. Ein Zischen kam herüber von der Startrampe, wurde lauter und lauter und mündete im tosenden Lärm der entfesselten Elemente. Unmerklich erst, dann schneller und schneller hob sich das gigantische Schiff senkrecht in den Himmel, einen feuerspeienden Höllenofen unter sich und nun kleiner und kleiner werdend, bis es als silberner Punkt in die Bläue des Himmels eintauchte und verschwand. –

Edward verließ fröstelnd, mit den Händen in den Taschen, das Areal, zusammen mit den letzten Schaulustigen. Seine Augen waren feucht.

„Die jungen Männer weinen heute alle so leicht", hörte er eine Frau neben sich, die noch die alten Zeiten erlebt hatte.

Zwei Mädchen überholten ihn, lachend. Die eine stieß ihn absichtlich an. Edward achtete nicht darauf.

Er wollte nach Hause.